ハヤカワ・ミステリ

JULES GRASSET

悪魔のヴァイオリン

LES VIOLONS DU DIABLE

ジュール・グラッセ
野口雄司訳

TOKYO
HAYAKAWA
BOOKS

A HAYAKAWA
POCKET MYSTERY BOOK

LES VIOLONS DU DIABLE
by
JULES GRASSET

Translated by
YUJI NOGUCHI
First published 2006 in Japan by
HAYAKAWA PUBLISHING, INC.
This book is published in Japan by
direct arrangement with
LIBRAIRIE ARTHÈME FAYARD.

悪魔のヴァイオリン

装幀　勝呂　忠

登場人物

メルシエ……………………パリ警視庁の警視
ピニョル……………………同制服隊長
ポワトゥヴァン………サン＝ルイ＝アン＝リール教会の司祭
ジュリー……………………同教会のヴァイオリン奏者
マルゴワール夫人……司祭とジュリーの家主
デデ…………………………囚人
ギヨーム……………………デデの仲間
ジゼール……………………売春婦

1　中止された教会のミサ

数百年を経た身廊のドームの下のひんやりした空気につつまれて、信者たちはヴァイオリンのすすり泣きに聞き入っていた。それは音楽以上のもの、おそいかかる日々の有為転変を束の間忘れさせる力を持つものの愛撫であり、優しい、心のなごむ、ちっぽけな幸せである。その日は、いつもの日曜日のように始まっていた。

上の、パイプオルガンのそばにいる彼女の姿は、下からは見えない。しかし、信者たちには、弾いているのがジュリーであることはわかっていた。ジュリーとそのすばらしい音楽……。それに、多くの人たちはこの小演奏を楽しむために早めに来ていた。時代を重ねて古色に染まった石材の神秘な魂は香の匂いをおびていた。信徒席を三つの部分に分けている、等間隔に並んだコリント式柱頭の十字型支柱が、黙々とこの神聖な場所を見守る歩哨のように立っていた。

不信心者は、その弁舌の才でパリじゅうの人々を引きつけていたポワトゥヴァン司祭の盛儀ミサが始まるのを待つあいだも、ヴァイオリンの音色に魅せられていた。音楽好きなら、この曲が、パドヴァ楽派のイタリアの巨匠、ジュゼッペ・タルティーニの悪魔のソナタであると気づいたであろう。しかし、彼は、これがタルティーニが夢のなかで悪魔と契約を結んだ末に作曲した音楽だという故事まで思い浮かべたであろうか？　この堕天使との契約の条件は何だったのか……。とにかく、悪魔的な夢から生み出され、ゲーテによって不朽のものになったこのソナタには、悪の力の神髄のようなものがある。ファウスト博士の伝説は、伝染病のように広がった時代もあったが、このソナタに対しては、サタンはまことにフェアな役割を演じている。音楽家に対して、魂と引き換えに不朽の名曲を作ることを認めた、そして、すべてを秤《はかり》にかけて、彼を裏切ることはしなかった。ヴァイオリンという楽器には何か悪魔的なものがあると、長いあいだ見なされていた。識者は、パガニーニの演奏会はまさに悪魔の匂いを振りまいていると主張した。この楽器が教会音楽に入ってきたのはかなり後の時代にすぎない。おずおずと、高位聖職者の疑いの目を盗むようにして導入されたのだ。

今日、この小さな教会では、ステンドグラスで色付けされた陽光が祭壇を照らしていて、祭壇には、夏のパリのこの日曜日、マルゴワール夫人の手によって花が飾られていた。外では、派手な色の服を着た観光客や住民たちががやがやと騒がしく徘徊していた。アイスクリーム屋のベルティヨンの前に、長い行列ができていた。恋人たちはくつろいだ気分で、かくもささやかな幸せにうっとりとなっていた。セーヌ川は悠々と流れ、陽光を反射して銀色に輝いていた。サン゠ルイ島とシテ島を結ぶ歩行者用の小橋の上で、一台のアコーディオンが哀愁をおびた音色で、ジャズの名曲を奏でていた。

専門家なら、ジュリーの楽器が発する音の完璧さに、澄んだ、柔らかい、それでいて力強いその音色の深さに、きっと気づいたにちがいない。もちろん、この若い娘は優れたヴァイオリン奏者である。もちろん、サン゠ルイ゠アン゠リール教会は、その横断アーチで補強された完全な半円曲面の天井によって、すばらしい音響効果をそなえている。しかし、そのせいだけではないのだ。このヴァイオリンには、あるイタリアの大巨匠の不滅の銘が刻印されていた。

ところが、この小さな教区の完全な世界で本物の騒動が持ち上がっていた。ジャン゠フィリップ・ド・シャンペーニュによるきらびやかな装飾をほどこされた左右の側廊を結ぶ周歩廊で、助任司祭がいらいらと足踏みしながら助祭を呼びつけ、助祭は助祭で、赤と白の衣装をつけた、おびえた様子の聖歌隊の子供たちに声をかけていた。この騒ぎは、教会のいつもの静寂さと比べて対照的だった。数カ月前から、ジュリーは臆病になっていた。何でもないことに驚くようになった。そして、ある人たちは、この研ぎ澄まされた感性によって彼女の演奏がいっそう良くなったと指摘していた。危険を予感する雌鹿のように、ジュリーには、恐ろしいことが起こりつつあり、今に自分の人生がめちゃめちゃになるだろうと、わかっていた。身廊とアーチ型天井との中間の高さにある、ルネッサンス型の大きなパイプオルガンのそばに座っていたが、彼女は信徒たちを見ていなかった。異常な不安におののいていた。夏だというのに震えていた。教会の楽士たちのために設けられているが、オルガン奏者のジャンとはめったに同席することのないこのせまい空間は、彼女の秘密の庭園だった。安らぎの場、何の変哲もないが、地上の現実の上にあり、神と人間との中間に位置している。ここで彼女は一人で長時間、目を半ば閉じ、大好きなヴァイオリンを弾きつづけることができたのだ。

入口にあるサン＝ルイ（聖王ルイ九世）の像が唯一の聞き手であった。しかし、ときどき、ポワトゥヴァン司祭が、深夜に、忍び足でやってきた。彼はプールティエ通りの小さな隠し戸から入ってきて、立ったまま、うっとりと音楽に聞きいっていた。彼は目につかぬようにしていたが、ジュリーが気づいているのはわかっていた。というわけで、彼らのあいだに奇妙な関係が生まれていた。若い娘はしぶしぶながら彼がそこにいるのを受け入れたのだ。というのも、彼女は、自分の音楽が司祭の説教師としての才能をいっそうかき立てるのを知っていたからだ。

この日曜日のミサは、聖書の記述と現代世界の出来事とをたくみに織りまぜて語る、切れ味鋭い説教に関心をいだく学識者にとって、メッカになっていた。ポワトゥヴァン司祭は、明晰に、具体的に語りかけ、信仰の妙諦を誰よりも上手に説明することができた。彼は、ノートルダムという不当なライバルの動きを封じるのに成功したのだ。大勢の人々が枢機卿に対して、日曜日ごとに信徒席を満員にしているこの儀式を推奨していた。

オルガン奏者のジャンがやっと到着した。十一時五分前だった。彼はせかせかと動きまわって自分の楽器を調節し、座る前に、ジュリーの額に口づけをした。ジュリーは目を半ば閉じていて、恋に燃えている彼の眼差しには気づかなかった。彼がそばにいてくれるのは心強かった。ジュリーにとって、ジャンは友達であり、同じミュージシャン仲間なのだ。彼は弦楽器職人という職業柄、ヴァイオリンに対して限りない愛着を持っていた。彼はしばしば彼女の相談相手になっていたが、ジュリーは彼をプラトニックな愛の相手役以上には見なさなかった。厳かに、若い娘はこの悪魔のソナタの最終節のトリルに取りかかった。これで、日曜日のミサを始めることができる。

サン＝ルイ島は隔離された小さな別世界であり、パリの心臓部に位置する宝石であり、その宝石箱にあたるセーヌ川は、いわば雑多な展示品を持つ野外博物館である。だが、この島はまた、ある種の特権者たちの生活空間でもある。彼らはお互いどうしは親しく交わり、世界を、島の住人とそれ以外の人々とに分けて考えている。住人は芸術家、とくに画家、彫刻家であり、また、多数の外国人もまじる裕福な実業家である。彼らはしょっちゅう島を留守にし、たとえばカミーユ・クローデルの旧居のような歴史の重みをそなえた豪華な邸宅に住まっている。イザベル・アジャーニによって不朽の名前になったこのロダンのよき助言者の家は、アンジュー河岸にあった。主要な店として、画廊、古美術商、それに、まるで人形芝居のように飾られたそのショーウィンドーを見るだけでもパリを訪れる価値のある、高級ブティックがあった。この裕福な特権階級の世界は、一見しただけでは見えてこない。というのは、つねに大勢の人々が散策していて、それがこの舞台装置の変わらぬ背景として、目隠しになっているからである。観光客と居住者とは、こうして、混じり合うことはないが密接に合わさった、島の二種類の人口を構成しているのだ。まるで、大河に注ぎこむ支流の水が容易に溶け合わないこともあるように。ノートルダム寺院がこの地域では最も人気のある場所になっているので、自然の成り行きとして、美しいサン＝ルイ＝アン＝リール教会は影がうすくなってしまった。この祈りの場所は、まったく眺望を奪ってしまうほどすぐ近くまで立ち並ぶ家々に徐々にかこまれていって、見すぼらしく縮こまり、その輝かしい隣人の前にへりくだってしまった。信者は、サン＝ルイ＝アン＝リール通りの中ほど、せまい、混雑する、建築学的に見るべきものもない歩道に面して、脇の入口があることに気づいている。唯一、入口のところにある丸い大時計が、その目印になっている。

信徒席は満員になっていたが、一粒の砂が十分に油をさした機械の動きを止め、式の開始をさまたげていた。ミサの時間まで数分しかないのに、ポワトゥヴァン司祭はいぜんとして来ていなかった。人気者の説教師、時間にうるさく、儀式やしきたりを重んじ、決めた秩序をあれほど気にする人が……。助祭は朝の聖務日課の賛課を司祭とともに行なった。司祭は朝食をとるため、九時ごろ家にもどった。

彼は教会のすぐそばのプールティエ通りに住んでいて、マルゴワール夫人の小さな家を、ごく安い家賃で借りている。このせまい通りの中ほどに、古ぼけた門があり、その内側は、舗石を敷いた小さな中庭になっている。その奥に、改築されたより背の高い二棟の建物にはさまれて、マルゴワール夫人の家があった。夫人は信心深い老人で、小柄でやせ細っていて、身廊のアーチのように背が曲がっていた。しかし、時の猛威にさらされた皺だらけの顔には、射るような目が光っていた。気難し屋はマルゴワール夫人を狂信者の範疇に分類するであろう。しょっちゅう教会に入りこんで、日常の業務を確認していた。祭壇を飾る花瓶の花や水を取り替えたり、ろうそくの代金を計算したり、聖水やぶどう酒や聖体のパンを注文したり……。彼女はすべてに責任を持ち、謙虚に、熱心に、厳格に自分の務めを果たし、必要な際には、つまり、しばしば、自分のポケットから支払いを行なっていた。

二年あまり前、ポワトゥヴァン司祭が着任したとき、彼女は司祭とある取引をした。もし彼が、自分が保護者になっているジュリーを三階に住まわせてくれるなら、しかるべき家賃、つまり、お話にならないような格安の値段で家を貸そう、ともちかけたのだ。ことは急を要した。というのは、役所の福祉課がジュリーを施設に入れようとしていたからである。家政婦をしている彼女の母親が、時たま、とくに月末に、当時十五歳のジュリーと一緒に住んでいた一部屋のアパートで、売春を行なっていたのだ。若いヴァイオリン奏者はこうして大きくなった。亡くなった父親の唯一の遺品のヴァイオリン、そして音楽に、彼女は何よりも熱中した。学校をさぼって街をぶらつく悪い生徒で、とりわけ春夏の天気のいい季節に、セーヌ河岸を散歩するのが好きだった。しかし、教理問答書の集まりに熱心に通っていたのがマルゴワール夫人の目にとまった。ジュリーにとって教会は理想的な場所だった。教会を利用すればいいことは、すでにわかっていた。若い娘は教会の音楽担当を引き受けた。ミサの、洗礼式の、結婚式の、葬儀のための音楽。そして、マルゴワール夫人の家の三階の小さな屋根裏部屋にひっそりと身を落ちつけた。すぐに彼女は、典礼の時間以外なら、教会でヴァイオリンを弾いてもかまわないという許しを得た。幸せいっぱいだった。みんなの同意のもとで、この状況をいつまでもつづけるのが唯一の望みだった。

「ミサを始めなければならない。もう時間です」額に汗を浮かべた助祭が、いらだちを身振りで示して言った。

ジュリーの演奏の最後の響きが消え、会場は静まり返った。誰もがポワトゥヴァン司祭の遅刻に気づいた。聖歌隊の少年が、司祭がどうかしたのかと家まで見にゆき、息せき切ってもどってきた。息をはずませ、ひどく興奮しているので、なかなか言葉が出てこない。まわりから問いつめられて、やっと、つぶやくように話しだした。

「それで、司祭様にきみはお目にかかった？」

「はい……」

「家におられたのか?」

「はい……」

「すぐに来られるか?」

「いいえ……」

「いったい、どういうことなんだ?」

「司祭様は死んでいました」

2 ピニョル、捜査の指揮をとる

パリ警視庁はただちに通報を受け、この日当直だった制服組の隊長ピニョルが、即刻、捜査を開始すべく呼ばれた。慎重で系統的に仕事を進める彼は、時間をむだにしないために、手すきのもの全員を捜査に投入した。犯罪事件の場合、初動捜査が肝心である。時間の経過とともに、記憶は曖昧になり、物証はぼやけたり、消失したりする。

ポワトゥヴァン司祭が殺されたというニュースはあっという間に広がり、さっそく日曜日の夕方には、大勢のマスコミが現場に押し寄せた。各テレビ局は長々と事件を報じた。ピニョルは、午後八時のニュース番組のための画面に収録された。彼は要するにマスコミの前で気取って歩くのが好きなのだ。というわけで、メルシエは夜の報道番組を見て事件を知った。メルシエ夫人は食卓の後片づけをしながら、つぶやいた。

「あなたが担当することになるのね?」

「たぶんな」

ピニョルは夜の大半を仕事に没頭していたにちがいない。ほとんど寝ていなかった。彼は何事も自分が責任をもって処理することを好んだ。日曜日に事件が起こって、メルシエや警察本部長がいないので、自分で指揮をとることになったのだ。彼の最大の望みは、事件の謎を自分一人で、短時間のうちに解明し、同じ班の同僚たちを驚かせることである。真犯人をお盆にのせ、本人の署名のある自白調書を添えて、うやうやしく彼らの前に差し出したかった。しかしこの事件では、容疑者の影は浮かんでこないし、動機すら不明である。ポワトゥヴァン司祭はみんなから好かれていた。不審者や異常なことに気づいたものは誰もいない。この界隈は、日曜日は平穏だったし、各警察署の巡回の警官からは何の報告もあがっていなかった。それに、サン＝ルイ島の日曜日の朝は、観光客や住人はかなり遅くまで寝ているので、静まり返っているのが普通なのだ。しかしながら、ピニョルは労を惜しまなかった。さっそく月曜日の朝、本部長に最初の捜査報告を行なった。このミーティングにはメルシエ警視も呼ばれて同席した。

「それじゃ、ピニョル、その殺された司祭はどういうことなんだ? サン＝ルイ島が、あの静かな一画が、ちょっとした騒ぎで有名になっているんだな?」

本部長は、この週の始めは陽気だった。家族と過ごした週末がさぞかし快適だったに違いない。というのは、必ずしも彼にふさわしいとはいえない軽い調子でそう言ったからだ。メルシエのほうは、この事件の風変わりな側面に興味を引かれていた。この事件によって、サン＝ルイ島が、彼がなじんでいる大型犯罪の本場みたいな様相を呈しつつあるからである。彼の日々の糧ともいうべきピガル地区のバーに行くかわりに、サン＝ルイ＝アン＝リール教会に足しげく通っても損にならないかもしれない。

オルフェーヴル河岸に面した二階の本部長室で行なわれる三人のこの種の会合は、かなり頻繁に持たれ、長続きする儀式として定着していた。ピニョルは自分が発見した数数の事実を詳細に述べていた。本部長は、「すばらしい、ピニョル、さすがだな」などと言葉をはさんで、おとなしく聞き入っていた。隊長はこの親しみのこもった言葉を、信頼の印と受け取っていた。メルシエはメルシエで、本部長がこんな風にしてピニョルを茶化すやり方を、面白がっていた。もちろん彼は、ピニョルもまた、錯綜する大量の情報から捜査を解決に導く術《すべ》を心得ていることは知ってはいたが。事態が明らかになるまでには、まるでジグソーパズルのピースを扱うように、それらを選別し、並べ替え、秩序あるものに仕上げなければならないのだ。したがって、ピニョルの仕事はけっして無駄ではない。しかし、それを読み解き、役立つものにするためには、解読者が必要なのだ。というわけで、本部長は、自分の公職としての使命を全うする補佐役に、種類の異なる二頭の番犬をかかえていた。ピニョルは強くて忠実で、太い不器用な四肢を持つシェパードであり、いっぽうメルシエは、ちょっと異常なところのあるスパニエル犬、しかし、並外れて鋭い嗅覚をそなえていて、最も狡猾な獲物も狩り出すことができた。メルシエ＝ピニョルの二人組は、ダイナマイトとその導火線のようなものだった。それは本部長にとって、一歩間違えばいつでも嫌な奴になり変わる可能性はあったが、しかし、うまくコントロールすれば、困難な事件を解決する極めつきの決め手となった。

ピニョルは長広舌をふるっていたが、本部長はもうすでに今週のプランニングについて考えをめぐらしていた。大型犯罪というには程遠く、もはやこの捜査は自分の出る幕ではなく、メルシエ警視の出番なのだ。ピニョル隊長は大きなゼスチャーを交えながら、早口でしゃべりつづけていた。ときどき、黙って聞いているメルシエのほうを見つめた。彼は励ましを、同意を、忠告を、いや、批判をすら期待していたのに、この沈黙に出会って、意気沮喪してしまった。でもとにかく、死体発見から数時間たってもいぜん犯人を特定できないとしても、それは彼の失態ではないのだ！

「ポワトゥヴァン司祭は自宅で殺されていました。彼はサン＝ルイ＝アン＝リール教会の主任司祭でした。優れた、温厚な人物で、三十九歳、大学で神学の学士号をとり、四年間、神学院に学び、二十八歳の年に司祭になり、修道院で二年の黙想期間を過ごし、のちに神学者としての資質をリュスティジェ枢機卿に認められました。彼をサン＝ルイ島教区の司祭職に抜擢したのは、この枢機卿です。二年あまり前から、彼はこの職についていました。彼の日曜日の説教はいつも満員だったようです。この分野ではスター的存在でした」

「凶器は？」

「握りの付いたステッキ、司祭の所有物です。一発、頭に強烈な打撃を受けています。法医学者によると、脳に出血があり、即死です」

「死亡時刻は？」

「被害者は朝のミサを終えて、九時ちょっと前に教会を出ています。死体で発見されたのは十一時です」

「ということは、犯行時間に二時間の幅があるな」

「そうです」

「死体を発見したのは誰？」

「聖歌隊の少年です。ポワトゥヴァン司祭はいつものとおり、十一時のミサで説教をすることになっていました。姿が見えないので、教会の助祭が心配になって、子供を迎えに行かせたのです」

「司祭の住まいは教会から遠いのか？」

「いいえ、彼はプールティエ通りに住んでいます、すぐ裏です」

「彼はその家に一人で住んでいたのかね？」

「そうです……。いや、つまり、家主のマルゴワール夫人とやらが、自分の庇護している女性を一人、その家の三階の小さな部屋に住まわせています」

「その庇護している女性とは、何者なんだ？」

「ジュリーです。十七歳で、音楽をちょっと勉強していま す。彼女は教会で、結婚式や、葬式や、ある種のミサの際に、ヴァイオリンを弾きます」

「それじゃあ、彼女は司祭の家に住んでいるのだな？」

「そうです。司祭が一階で、娘は三階です」

本部長は何か考えこむように、額にしわを作っていた。

「で、きみは変だと思わないかね、メルシエ、司祭が若い娘と二人だけで住んでいるんだ？　近所で噂になっていたに違いない」

メルシエは何かつぶやいて首を振り、ピニョルがつづけるのにまかせた。

「実は、そのジュリーの件は、司祭が言いだしたわけじゃなく、家主のマルゴワール夫人が彼女を彼に押しつけたんです」

「殺された司祭は、つまり、その女性の借家人だった…

…」

「そうです。彼女はあの界隈にいくつも不動産を持っています。プールティエ通りの小さな家を格安で司祭に貸しています。さらに、教会の若いヴァイオリン弾きをただで住まわせています。彼女はそのジュリーに愛情を抱いていて、司祭に頼んで、三階の小さな部屋にジュリーを引き受けてもらったのです」

「彼女は社会奉仕をしているんだな、きみの信心深いご婦人は」

「そうです。ジュリーの母親は家政婦をしています。小さな、ひと間の部屋に住んでいて、月末のやりくりができないので、ときどき売春をして補っています。警察のリストにも売春婦としてあがっています。同居している未成年のジュリーとの件を別にすれば、深刻な問題はありません。二年前、市役所の福祉課が介入して、娘を母親から引き離そうとしました。けっきょく、マルゴワール夫人があいだに立ってジュリーの保護を引き受け、彼女をポワトゥヴァン司祭に預けたのです」

「若い娘の教育に司祭があたるのか。いうことなしだね」

メルシエ警視が皮肉っぽく言った。

しかし、ピニョルはこの指摘にこめられた皮肉を無視した。

「そうですよ。福祉課の連中が考えそうなことです。彼らは、これで万事おさまるとして、この解決策を受け入れました」

「で、そのマルゴワール夫人だが」本部長が口をはさんだ。「彼女が不動産をたくさん所有しているというのなら、あのあたりの地価を考えると、きっと資産家にちがいないな？」

「確かに。しかし、そう見られないように、ほとんど金をつかいません。彼女は身をかがめ、ひどい身なりをして、質素な生活をおくっています。道で出会ったら、金を恵んでやりたくなるかも」

「で、彼女は司祭のために家事をしてやっているのか？」

「そうです。でも、無給でです。彼のために、ときどき買い物もしています。要するに、大の世話好きなんです。だから、彼女は司祭の住まいの鍵を持っています。家に入りこんで、なかを自由に歩きまわれます。保護者としてジュリーと話し合いをし、そっと監視をしています」

「それで、そのジュリーも、母親と同じく、警察のリストに載っているのかね？」

「いいえ、彼女については、何も。彼女はヴァイオリンを学んでいます。音楽学校の学生だったんですよ。だが退学になりました」

「理由は？」

ピニョルはかなりあわてて答えた。

「捜査は始まったばかりです。今のところ、これ以上のことはわかりません」

「彼女にボーイフレンドはいるのか？」

「なぜです？」

とつぜん目覚めたように、メルシエがこれに返事をした。

「ちょっと考えればわかる。もしその娘に恋人がいるなら、彼女と司祭とのあいだは、教会のミュージシャンとして通常の関係だ。もしそうでないなら、いろんな推測が可能になる」

「娘には、前にジプシーのボーイフレンドがいたが、別れたらしい。もう数ヵ月前から、二人が一緒のところを誰も見ていません。それに、他にも恋愛関係があるとは聞いていませんね。確かに、ジャンという、サン＝ルイ島の弦楽器職人がいます……彼も教会のオルガン奏者をしています。それに、この男は十一時のミサのため、ジュリーと一緒にいました。ジャンはマルゴワール夫人に気に入られているようで、夫人はべた褒めしています。娘のまわりをうろついたりしていますが、娘はまったく気にかけていない様子です」

「そのジプシーというのは何者だ?」本部長がたずねた。

「この男は刑務所にいるんです、サンテに。重罪の窃盗犯として刑期を終えるところです。三日間は外に出、二日間は所内に留まります。社会復帰というやつですよ」

「けっこうな交際相手だな、ミュージシャンにとって!」

「彼女がこの男と別れたのは、たぶんその理由でしょう、近所の噂を真に受ければ」

「それで、この日曜日、彼はどこにいた?」

「わたしは知りません、しかし、当日、彼をその辺で見かけたものはおりません」

「犯行の動機は?」

「おそらく、喧嘩ですね、たぶん、親しい人間との。押し入った形跡はありません。見たところ、何も盗まれていません。もっとも、あの家にはそんな値打ちのあるものはありません……」

「きみの考えを聞こうじゃないか、ピニョル?」

ピニョルは助けをこうようにメルシエを見つめた。代わりに何か言ってくれるかと期待したのだが、メルシエも彼の答えを待っていた。

「通りがかりの悪いやつが盗みに入ったんじゃないでしょ

うか。そこを司祭に見とがめられて、殴り殺してしまった」

ピニョルに反論したのは本部長だった。

「だが、ピニョル、確かきみは、盗まれたものは何もないと言ったよ」

「そうです。しかし、やつはうろたえて、司祭を殴ったあと逃げた可能性も……けちな悪党がへまをしでかしたんですよ、いうなれば」

「あの地域では、悪いやつらだって、宗教に敬意を示すものだ。やつらが司祭を殺すようなことはまずない」

「で、そのジプシーの男には、アリバイがあるのか？」メルシエがたずねた。

これが、瓶から水を溢れさせる最後の一滴となった。ピニョルは怒りだした。

「ああ、今日はわたしの守護聖人の日なんだ！　いったい、何の恨みがあるというんですか？　そのジプシーに興味があるんなら、あなたが自分で会いに行ったらどうなんです、やつはサンテ刑務所にいる、覚えやすい住所ですよ」

ピニョルの顔が赤く染まった。大きな団子鼻が真っ赤になっていた。本部長がこのちょっとした言い争いに終止符をうった。

「きみの言うとおりだ、ピニョル。メルシエがその男に会いに行けばいい。ちょうど、サンテに行ってもらう用もあるからな……」

メルシエは呆気にとられていた。いったいどういうことだ、その、サンテに行く用があるとは？　本部長の口ぶりから、何か重要な案件があり、殺された司祭の事件の捜査は、もっと深刻な事柄を自分に話すための口実にすぎないのだ、と彼は了解した。うまくはめられたなという印象だった。いや、それ以上に、上司が自分に面倒なことを押しつけるつもりだなという、不吉な予感がしていた。

「よし、ピニョル、きみはメルシエの指揮下で捜査を継続してくれ、メルシエは捜査活動全体の指揮をとる。記者たちがイライラしながら待っている。今に教会のお偉方が口出しして来るぞ。だから、こんないやな事件は、早くけりをつけたほうがいい。検察からもう電話が入った、急いでいるようだ。きみは司祭の周辺を洗え。前歴を調査し、関係者を当たるんだ。それから、その家主の婆さんを尋問しろ。ジュリーという小娘は十分にあやしいように思える、問いつめてみるんだな。ジプシーのほうはメルシエが当たる」

メルシエ警視のほうに向いて、彼はつけ加えた。

「で、メルシエ、きみはこの件についてどう考えているんだ?」

「わたしは」警視はガードを固めながら答えた。「まったく意見なしですよ。しかし、ステッキの握りで司祭を殴るなんて、女がとっさの反応でやることじゃないですね。それに、音楽を愛する娘は、性分として悪いことはできませんし……」

辛辣なこの一言によって、メルシエは、本部長の先入観にたいする自分の感想を表明した。本部長は、この司祭の事件に何とか早く決着をつけたがっていて、彼には、か弱い立場の人間が犯人らしく見えるのだ。

本部長は立ち上がり、ピニョルを追い立てながら、嘲るように言った。

「シャンパンを忘れるなよ!」

これは一種の決まりであった。彼らのうちの誰かがテレビに出るたびにそうするのだ。メルシエは立ち上がりかけたが、本部長は残るように命じた。ピニョルが、オフィスのキルティング・ドアを閉めるのを待って、彼はわざとらしく、セーヌ川に面した窓から外を眺めた。これは、今までの話題に区切りをつけるためだ。ふたたび腰を下ろしたとき、ひときわ厳しい表情になっていた。

「問題が生じてね、メルシエ」

「何ですか?」

「あのジゼールを覚えているだろう?」

メルシエははっきりと覚えていた。若い女がひもの男を口論のすえ殺してしまったのだ。取り調べ中に、彼女は銀行強盗のデデの名をあかした。事件は三年前にさかのぼり、当時、さかんに話題になった。デデが盗んだ戦利品を保管していた駐車場で、メルシエは現金と武器と爆発物を発見した。まさしく、アリ・ババの巣窟だった。デデは逮捕され、その裁判が行なわれたばかりで、彼は懲役十五年をくらった。多数の共犯者が裁判にかけられ、投獄された。ジゼールがもたらした情報のおかげで、テロと大型犯罪のいくつもの組織網を解体することができた。この手柄は本部長にとって、昇進につながるほどの価値があった。いっぽうメルシエは、ジゼールがデデの共犯者のひもを殺害した件では、殺人罪を問われないという言質を得ていた。裁判官は約束を守り、ジゼールは寛大な処分ですまされた。

「もちろん、よく覚えていますよ」

「ジゼールが近く釈放される」

「それはよかった。あの娘は気立てがいいんです。挑発したりしなければ、ハエ一匹だって殺せません……」メルシエは答えた。

「デデが仲間に言っているのだ、彼女が自由を楽しめる時間は長くはない、と」

「いずれ仕返しをしてやる、ということですか?」

「もっと悪い」

「どういうことです?」

本部長は少し間をおいた。

「彼は、仲間のギョームの手助けで脱獄し、自分の手でジゼールを殺すと言っている。自分の目の前で、顔をまともに見合わせて、彼女がゆっくり死んでいくのを見たい、と公言している」

「運命は両天秤です。でも、そんなことがどうしてわかったのです?」

「サンテ刑務所の所長が電話をしてきた。彼も情報屋を抱えているんだ。きみと話したがっている。会いに行ってこい、ついでに、あのジプシーを尋問するんだ。だが、用心しろよ、メルシエ、きみは組織犯罪の世界をめちゃめちゃにしたのだ、やつらは報復をねらっている、借りを返したがっている。デデは孤立しているわけじゃない。慎重にしろ！　言っておくが、わたしとしては、あのジゼールはどうだっていいのだ……どっちみち、パリの街頭で客を引く女だからな……。だが、きみはあの娘をかなり気に入っているようだ。だから、きみに情報を伝えておく。自由に動きたまえ」

本部長は窓のほうに二、三歩踏みだし、デスクに背を向けるかたちになった。熊のようによちよちと歩いていた。会見の締めくくりとして、彼は強調するようにこう言った。

「さあ、きみの出番だぞ」

3　メルシエの問題

メルシエは自分のオフィスにもどった。今おかれている状況を認識し、作戦をたてるために、たとえ数分間でも一人になりたかった。本部長との会見は彼にショックを与えていた。彼はこのような局面を嫌悪していた。衝撃的な出来事が起ころうとしている。ジゼールの近々の出所は、彼をあらゆる危険にさらすことになる。ギョームはデデに遠隔操縦されて自由に動きまわっている。いうまでもなく、大型犯罪の組織はメルシエをこけにして楽しもうとしているのだ。さらに、あのサン＝ルイ島の事件がある。本部長は彼に、まじめだが先見性に乏しいあのピニョルと一緒に、その責任を押しつけた。

制服組の隊長ピニョルは、メルシエ直属の班には属していなかった。しかし、本部長は、捜査の際にしばしば彼をメルシエ警視に託した。捜査状況をつぶさに追うことができるからである。いわばモグラのような使命、本部長の流儀にぴったりのやり方である。これをメルシエはこう評している。「まず最初は孤立し、次いで内部に潜入するのだ」と。別に目新しくはない、戦争やレジスタンスから受け継いでいる古い手法なのだ……。

ピニョルは先ほど、ジュリーが容疑者ではないかという考えを示唆されていた。しかし、彼女は重要な手がかりだろうか。メルシエは先手を取って動くことにし、現場や教会を実際に見、ジュリーはもちろん、マルゴワール夫人にも会ってみることにした。この世話好きの家主はたぶん、ピニョルにしゃべった以上のことを知っているにちがいない。彼はさらに、明朝さっそくサンテ刑務所にも行き、あのジプシーに会うつもりだった。これはジゼールに面会したり、デデの途方もない脱獄計画について所長と話し合いをもったりする恰好の口実になった。

本部長がジゼールの身辺警護のために小指一本動かそうとしないのは、はっきりしていた。この対応の仕方は、おまけに、警察の慣習に合致するものだった。情報提供者はその密告によってもたらされた結果を自ら引き受けなければならない。裏の社会が、ジゼールのみならずメルシエに対しても復讐を企てるのは、彼らの名誉にかかわる事柄だからだ。ジゼールは、ピニョル隊長と連携するための口実にすぎないということだろう。彼はいくつかの報告書を片づけ、予審判事に電話して、ギヨームの電話の盗聴を要請した。必要な常套手段である。また、サンテ刑務所の所長と明朝に会う約束を取りつけた。もちろん、例のジプシーがいることも確認した。最後に、犯罪記録保管室に下りていって、ギヨームとあのジプシーについての資料を調べた。ジュリーの母親のカードにも目をとおしたが、客引きに対する二、三回の職務質問を別にすれば、長年寡婦でとおしているこの家政婦については、重大なものは何もなかった。ジュリーが彼女の負担でなくなって二年がたっていた。マルゴワール夫人の好意のおかげで、よほどのことがないかぎり彼女は売春をする必要がなかったのだ。サン＝ルイ島の事件はメルシエを困惑させていた。日曜日の朝、二度のミサのあいだに行なわれた犯行……。チンピラならむしろ夜、ウィークデーに行動するだろう。

二階で、彼はいつもの自分のグループと合流した。献身的な連中、何年か前に彼によって結成され、各班の警視たちが、ことあるごとに解体を試みて果たせなかったグループである。というわけで、メルシエは、いざというときに頼りにできる忠実な部下たちからなる小部門を持っていたのだ。彼はみんなに状況を説明し、今夜からすぐに、あのギョームの監視にあたることを告げた。人に代わってもらわない、これがメルシエの秘訣である。現場に執着し、「やくざの匂いをかぎ分ける」、彼は冗談めかして、自分でこう言っていた。こういう些細な一面がメルシエを目立たせ、だんだんと事務屋になった他の警視たちから孤立させた。

メルシエは午後早々にオフィスを出て、すぐ近くのサン＝ルイ島に向かった。天気はよく、暑かった。この束の間の息抜きは、厳しいものになりそうな夜を前にしての楽しみだった。実際、メルシエがギョームのことをもっとよく知りたいのなら、夜の一部を割いてバーまわりをしなければならないだろう。これは彼の嫌いな環境ではなかった。たくさんのけちなやくざ、盗品隠匿者、悪賢い男たちの事務室や客間に利用されている、これらカフェのひっそりした雰囲気は嫌いではなかった。彼はこういう場所で、密かに囁かれている話を収拾する。しばしばそれらは取るに足らないことなのだが、それが骨組となって、彼の確信が生まれるのだ。長年のあいだに、メルシエは、やくざ社会と対話を交わす術を会得した。ピニョルは、そんなことは時間の無駄であり、警察署や捜査本部に連行して行なう適切な取り調べという強硬手段こそより成果が上がるのだ、とつねづね言っていた。一見何でもないこの瑣末な違いが、機能面で根本的に異なる様相を呈することになる。メルシエは、一つのため息に、抑揚の変化に、そらせた視線に、手がかりを見つける。だが、彼が困惑するのは、飲み物を勧められることだ。バーテンは一杯やらないかぎりしゃべってくれない。相も変わらぬ、ひどく慇懃な儀式、「警視殿、何を召し上がります?」が、ひそひそ話の世界に入りこむための基本的な合言葉なのだ。メルシエはいいワインを愛し、上質の強いアルコール類も好む。しかし、このような小さなバーが売り物にしている安酒は大嫌いなのだ。そういった夜は、そのうえ、翌朝、妻からやんわりとたしなめられる羽目になる。

「相変わらず昨夜もおそかったわね、もう今朝と言ったほうがいい時間よ」と彼女はつぶやくように言う。

「ああ、しかし、おれにはどうしようもないんだ」彼は機械的に答えるのだった。

彼がサン＝ルイ＝アン＝リール教会に着いたときは、葬儀の最中だった。メルシエは目を上げて、この古い教会の建築を特徴づけている、飾り穴のある、鋭く尖った、ひどく奇妙な形の鐘楼を認めた。円花《ロザース》と花づなで飾られた樫の重い開き扉から中に入り、最後列の、洗礼盤のそばの席に腰を下ろした。教会の内部はひんやりしていた。身廊は列柱で三つにわかれ、両側の側廊にチャペルが付随していた。コリント式柱頭のある列柱が大アーケードを支えていた。ヴァイオリンが参列者の心を慰め、喪に集まった近親者の悲しみを癒していた。メルシエはジュリーのひたむきな姿勢を思い浮かべた。姿を見てはいないが、彼女の音楽をとおして想像していた。感じやすく、繊細で、か弱い女性。彼は音楽家でもなく、音楽好きですらないが、この優しい、リズミカルな、官能的なメロディーを感じ取っていた。教会の奥まった席で物思いに耽っている名もない刑事としてなら、この場面がもっと長く続いてほしいと願っていただろう。最後の音で、拍手したくなるのを我慢した。故人は幸いにも永遠への旅立ちを音楽で見送ってもらったのだ。

メルシエは式が終わるのを待った。ジュリーは、パイプオルガンのある中二階に通じる小さな扉から現われた。背は高いほうで、ほっそりし、ブロンドの髪が肩までたれていた。ひときわ長い首が、若々しいが、悲しみに沈んだ顔を支えていた。澄んだ大きい目、かなり大きめの口、形のいい唇を持っていた。どのような化粧をほどこしても、この生まれつきの美しさを損なうことはなかった。ジーンズと、ブルーのシャツと、からだには大きすぎる上着を着て彼女は、あどけない眼差しの下に成熟した女のからだを隠している、うら若い娘特有の魅力をそなえていた。まるで影のように、彼女はメルシエをかすめて行った。その足どりはしなやかで、優雅だった。彼女はとても美しかった、しかし、その美しさを引き立たせるために何の努力もしていなかった。控えめな美しさ。最前列にいた老婦人が振り返って、去っていくジュリーを気づかわしげに見た。メルシエは、それがマルゴワール夫人だと認めた。要するに、ピニョルの人物描写は的確だったということだ。彼は立ち上がって、ジュリーの後を追った。

彼女は教会を出ると右にまがり、数メートル行ったところでまた右にまがって、プールティエ通りに入った。彼女はポーチをとおって、自宅、すなわち、マルゴワール夫人と故ポワトゥヴァン司祭の家に帰った。警視は教会にもどった。ジュリーはおそらく生きている司祭を見た最後の人物だろう。あの日曜日、午前九時から十一時のあいだ、彼女にアリバイはあるのだろうか？

葬儀は終わっていた。身廊のアーケードのように背中のまがったマルゴワール夫人は、中途半端な丈の、不格好な、灰色の短いドレスを着て、葬式に使った花を整えていた。小柄で、やせっぽちで、大きな鉤鼻が鎮座する細面の顔をとりまく髪は灰色で、唇は薄く、どこか小人を思わせる風貌だった。彼女はメルシエに挑戦するように顔を上げた。明らかに、彼が刑事であると見抜いていた。自分の領分に侵入してきた男、彼女は、この男が、自分の庇護するジュリーを観察しに来たことを知っていたのだ。ジュリーはもう容疑者にされているのか？　メルシエは老婆と視線を交錯させた。断固とした眼差し、捕食動物のような鋭い目つき、だが、その目に一瞬、脅えが走った。老婆は怖がっている。この恐れは、単に教会に警察が来たことに起因するものではない。マルゴワール夫人は使命を、崇高な義務を、意識していた。恐ろしい犯罪が行なわれた、悪魔の手が襲ったのか、神の裁きが下ったのか。彼女は何かを知っているに違いない。しかし、メルシエは、老婆は秘密を洩らすぐらいなら八つ裂きにされるほうを選ぶだろう、と考えた。その瞬間、彼は直観した、この信心深い老婆はこの犯罪事件で何かの役割を演じていると。だが、どのような理由でか？　自分の身を守るために？　ポワトゥヴァン司祭の名声を汚さないために？　かわいい秘蔵っ子を守護するために？　わからない！　マルゴワール夫人は、不運にも窮地に追いこまれたとき、わが子を守る雌オオカミのように、人殺しをすることも辞さないあの女たちに似ていた。

メルシエ警視はサン＝ルイ島のなかをうろつきまわり、画廊の前で足を止め、最後に、プールティエ通りに入って、司祭の家まで行った。石畳の中庭は長方形になっていて、建物の外壁にそって、青い花をつけた藤棚があった。これは過去の栄光の名残なのか、それとも、名も知らぬ庭師の創意によるものなのか。家は、両側にそびえ立つ高い建物にはさまれて、小さく縮こまっていた。司祭の住まいは一階で、二階には、トイレや浴室などの水まわりが配置され、おそらく、すりガラスの窓になっているのだろう。スレートぶきの屋根の下の三階は、ジュリーの部屋である。メルシエは、彼女にいくつか質問するために、もう少しで呼び鈴を押しそうになったが、ピニョルの捜査を侵害したくないので思いとどまり、オルフェーヴル河岸の方に向かった。神聖な場所でこの若い娘の音楽を聞くのは楽しみだった、彼女に会えてほんとうに嬉しかった。会って話ができればどんなによかったか……。メルシエはとまどいを感じながらも、思い返した。彼はとりとめもないことを考えていた。

巨匠たちの名画のなかの天使を思わせる、夢見るような憂愁と懐かしさのまじりあった不思議な印象を、ジュリーは彼に残していった。アブサンはたぶん同じような効果を与えるだろう。

とつぜんメルシエは渇きを感じた。彼は近くのブラスリーに入り、ワインを一杯飲んだ。いま現在彼は、二日前から界隈をくまなく捜査し、休みなく近隣住民に聞きこみをしているピニョルよりも、はるかに多くのことを知っていた。今となっては、ピニョルにいやな思いをさせられているジュリーを見るのは、彼としては忍びなかった。

彼はオフィスにもどって、ツバキの鉢に注意ぶかく水をやりながら、ジゼールの安全をはかる最善の方法を考えた。黙ったまま身動きもしなかったが、頭は活発に働いていた。ピガル地区の酒場まわりを始められる時刻を待っていた。メルシエ夫人に電話して、夕食にはもどらないと告げる勇気はなかった。忸怩たる思いだった。彼女は心配するだろう、彼が帰るまで眠らないだろう、彼のために料理を温めておくだろう。だが、自分は空腹ではないだろうし、翌朝目覚めたとき、口のなかが粘ついているだろうことは、よくわかっていた。

夜の散歩のあいだに、メルシエは、ギョームがしがない芸人であること、しかし、弩《おおゆみ》(クロス・ボウ)では優れた腕前の持ち主であることを知った。十年前、彼はこの種目のフランス・チャンピオンだった。この成功で、彼はのぼせあがり、ついで、ギャンブルにのめりこみ、瞬く間に破滅して、しだいにピガル界隈のいかがわしい酒場から足が抜けなくなった。かくて、借金を返し、生活していくために、麻薬の密売に手を染めざるをえなかったにちがいない。たちの悪い連中との付き合いが仕上げをしてくれた。そして、ギョーム・テルという名前で見世物を催して、細々と暮らしていた。彼と同棲しているアル中の哀れな相棒の女の頭の上に載せたリンゴを矢で射抜くのだ。ギョーム(ウィリアム)は、彼の出し物にちなんで仲間たちが付けたあだ名だった。

それに、この出し物が彼の唯一の特技で、それ以外の点では、彼はむしろ影の薄い人間だった。しがない稼ぎで生きている貧相な小物。メルシエは彼が出演している場所をつきとめ、見世物を見てかなりみじめだと思い、安心して家に帰った。この新ジャンルの弓競技の射手は大した玉とは思えない。サンテのように監視の厳重な刑務所の囚人を脱獄させるためには、大がかりで金のかかる支援態勢が必要である。おまけに、ギヨームには、今後は自分が探知され、居場所をつきとめられることはわかっている。尾行されることも、電話が盗聴されることも、見越しているだろう……。あの若者はやくざ社会の本物の構成員ではなくて、むしろ余計者である。警察にある彼の記録では、彼は多数の小さな事件に関与しているが、有罪の判決は一度も受けていなかった。彼に手を引かせるには、怖じ気づかせるだけで十分だろう。警察に尾行されているやくざは、すぐさま除け者にされる。疫病神扱いされる。悪党にとって、恐怖は最善の保険なのだ。

この、夜の散歩でちょっと安心したにもかかわらず、警視は、恐ろしい罠が仕掛けられていて、今後は慎重に行動すべきだとの見とおしをたてていた。やくざたちは、ジゼールに狙いをつけつつ、メルシエを狙っていた。役割は逆転してしまった、狩人が獲物にかわっているのだ。

4　メルシエ、サンテ刑務所に

サンテ刑務所に着くとすぐ、メルシエは所長室にとおされた。二人は知り合いの間柄だった。刑務所の在監者はしょっちゅう警察の取り調べの対象にされる。証言の突き合わせができるからであり、在監者のほうも刑のわずかな減免のために何でもするつもりでいる。

所長は熱のこもった握手で彼を迎え、デスクに腰を下ろした。朝だというのにすでに蒸し暑かった。所長は上着を脱いで、派手な色の幅広のズボンつりをむき出しにしていた。彼はむずかしいポストを占めていた。寛容すぎると脱獄の危険にさらされるし、厳格すぎると、左翼系新聞やある種の団体の暗黙の支援を得て、暴動が発生する恐れがあるからである。

「おはようございます。お目にかかれてうれしいですよ。だが、わざわざご足労いただくまでもなかった。電話一本くだされればすむことです……」

「ここに条件付きで収容されているジプシーにいくつか質問しなければならなくて。これが尋問のための書類です」

所長はちらと目をとおしただけで、書類を机の引出しにほうりこんだ。

「そのジプシーから何を引き出すつもりですか？　ここでは、彼はおとなしくしてますよ。週に二日、仕事を探すために外出し、日曜日は年老いた母親に会いにゆきます。母親はパリの北の郊外のトレーラー・ハウスに家族と一緒に住んでいます」

「例の、サン＝ルイ＝アン＝リール教会の司祭が殺された事件との関連です。この事件については、聞いておられるでしょう……」

「いちおう世間なみに、テレビと新聞で……。謎めいた事件ですな、尋常ではない。あなたとしては、そのジプシーが怪しいと?」

「いいえ、ただ、彼は、被害者と同じ家に住んでいるある若い娘の元ボーイフレンドなんです。それで、その娘と、司祭の周辺人物について、彼の知っていることを確認したい。ただそれだけです」

「そのことで、彼が条件付き釈放を取り消されることにはならないでしょうな?」

「そう思いますよ。本来ならピニョル隊長が彼を尋問に来るべきところですが、ジゼールに対して脅迫があったとのことなので、わたしが自分で出向いて来たのです。ついでにちょっと彼女に会っておきたいと……」

「べつに問題ありませんよ。ちょうどいいときに来られた。彼女は明日出所します。釈放令状を受け取ったところです。それに、デデにも、会われますか?」

実のところ、ジゼールにもジプシーにも、サンテ刑務所の所長は何の関心も持っていなかった。ただ、デデが脱獄するという噂で、彼は不安を感じていたのだ。

「いや、あの男なら十五年間あなたに預けました。その後のことは、もうわたしには関係ありません。そのころにはもう退職していますからね。だが、脱獄というのは、いったいどういうことなんです?」

所長は眉をひそめ、ちょっと作り笑いをした。

「いや! 何の心配もありません。ここでは、受刑者の二人に一人は、ひたすら脱獄の幻想をいだいて生き延びているのです。それが最も効果的な精神安定剤です。脱獄を考えている囚人は、マークされないために、看守に対してはつねに規則を厳守します。ですから、われわれは慣れています、あんまり心配しすぎないで、言わせておくのです。しかし、油断はしていません、受刑者は狡猾ですからね。時おり、服役態度の良すぎるのがいて、われわれは警戒します。ここでは、囚人を信用することは、司法の失態でしかないのですから……。脱獄は彼らの話題の最大のテーマです。しかし、幸いにも、口にするのと実行するのとでは大きな違いがあります。わたしは事実だけに関心があります。やつらの頭のなかで起きていることで悩んだりはまずしませんね」

警視を不安にさせているのはまさにそのことなのだ。彼は反対に、囚人たちの頭のなかを占めている事柄を最も重視しているのである。

「通常なら、この種の噂話が刑務所の外に流れ出ることも、オルフェーヴル河岸までとどくこともありませんね。でも、あなたが本部長に電話を入れたのでしょう?」

所長の微笑は冷笑に変わった。

「そうです。というのは、ここでは誰もがジゼールを密告者と見なしています。やくざ社会は彼女を殺したがっている。数日前から、デデは自分の手でこの件にけりをつけると断言している。わたしは慎重を期して上司に警告しました。しかし、わたしはむしろジゼールのことが心配なのです……。ここから出たとたんに殺されるとすれば、ちょっと可哀相です。服役していた三年間、彼女は非常に従順でした。それに、どちらかというと、かわいい小娘ですよ」

「デデは、自分を助けてくれるギョームとかいう男のことをしゃべったのですか?」

「ええ、しかし、その男については、わたしは知りません」

「どのような対策をとられるんです?」

「デデを五階の重警備棟に移しました。二日前からそこにいます。外部と連絡をつけるのはむずかしくなるでしょう。明日、ジゼールを釈放します。警察の車を使って連れ出します。尾行がついていないのを確かめてから、どこかメトロの駅に下ろします」

「で、その後は?」

「その後は、あなたの出番です、警視。わたしの番犬の仕事はそこまでです」

所長は今では落ちついて、自信ありげに見えたので、メルシエはかなり安心した。ここでは、脱獄の噂など真に受けて考えられないのだ。しかし、他方では、デデは本当に特異な男なのだ、口達者で、面子《めんつ》にこだわり、いつもすぐかっとなって反撃してくる。尋問の際、メルシエは彼の率直さに驚かされたことがあった。もし、脱獄の情報が真実なら、手の内は見え透いていた。しかし、想像は実物とは一致しないのだ……ちょっと向きを変えると違って見えてくる。警視はしばらく沈黙し、つぶやくように言った。

「わたしとしては、デデをあなたの手もとに置いておいてもらいたかった、さもないと、まずいことになるかも。わたしはジゼールを引き受けます、で、あなたは、刑務所の管理を……」

「誰に向かってそんなことを！　とにかく、ジゼールを引き受けるあなたは、ついていますよ！　それに、あなたは、このような事件でのマスコミの存在を忘れています、彼らは限度を知りませんからね。幸い、わたしのほうは予防策を講じました。あのシナリオは実現不可能です」

所長はひじ掛け椅子にどっかり腰を落ちつけていた。張り切ったズボンつりを引っ張っていた。メルシエはとにかく主張してみることにした。

「そうでしょうが、でもやはり、わたしには何か不安な点があります」

「何がですか？」所長はちょっといらだって言った。

「あのデデですが、決して愚か者なんかじゃない。やくざ社会では、ニース人のデデと呼ばれていますが、実際はバスク人で、テロの資金援助をするため銀行を脅したりしているんです。手を血で汚さないことを誇りにしています。強盗を働くときでも、絶対にピストルに弾を込めない男なのです」

「見上げた冷静さですな！」

「あなたがそう言ったんですよ。わたしはいぜんとして、彼はジゼールに復讐するために何でもやるだろうと信じています」

「誰かを使ってなら、それは可能でしょう」

「いや。彼は言ったことは守るでしょう。自分の手で彼女を殺しますよ」

「それじゃあ、やつは羽根を持っているということになる。

重警備棟からは、誰とも連絡がとれません。それに、外側に二重の太い桟の格子のついた小さな窓があるだけです。あなたのデデははったり屋です。わたしがおとなしくさせますよ。今にわかりますよ、この特別体制で数週間すぎれば、やつはもっと口を慎むようになるでしょう」

「どうですかね。わたしが不思議に思うのは、彼が自分の計画を洩らしたという点です……」

「虚勢を張っているんですよ、きっと。わたしが刑務所内に持っている情報屋の組織が機能している何よりの証拠です」

二人の男のあいだの緊張が徐々に高まってきた。

「わたしの直感では、デデは逆に、自分が重警備棟へ移されるようにすべてを仕組んだのだと思います」

「やつは一階から五階へ移った、標高が高くなった、それだけのことです！」

「おっしゃるとおりだといいのですが」

「わたしを信頼してください、メルシエ。あなたはジゼールに入れこむあまり、目が見えなくなっている。客観的じゃない」

「そうかも……とにかく、警告しておきます、デデは悪賢いやつです、くれぐれもご用心を」

「ごもっともです。だが、わたしのような古狸には釈迦に説法というものです」

メルシエは話題を変えた。公式には、彼はサン＝ルイ＝アン＝リール教会の事件で来たことになっていた。ピニョルの捜査を進展させなければならなかった。

「本題にもどりましょう。例のジプシーですが、どんな感じの男です？」

雰囲気がやわらいだ。

「ただのチンピラ、重罪の窃盗事件の累犯者で、実刑一年をくらっています。六ヵ月が経過し、目下、条件付きになっていて、週に何日か、仕事探しのため外出します。わたしの見るところ、何の問題もない受刑者です」

メルシエは別れを告げ、警備員が彼を男性棟のほうに案内した。所長は万事うまく取り計らい、警視のために小部屋を用意してくれていた。

ジプシーが警戒するような目つきで入ってきた。かなり醜い男である。ごつい顔だちで、鼻がでかく、もじゃもじゃの眉毛で、耳がつっ立ち、太くて毛深い手をしていた。鋭い黒い目を持っていて、メルシエはその顔に表われた不安そうな表情に驚いた。ジプシーは警察を恐れていた。条件付き出所の期間は、いつでもそれを見直すことができるのだ。それなのに警視は、彼を動揺させるつもりはなかったが、前科を思い出させたのだ。

「些細なことだったのに！　まさか、おれの前科簿を読むためにわざわざ出向いてきたとは思っていないが」

「ジュリーについて話を聞きに来たのだ」

「ああ！」

「彼女を知っているね？」

「ええ」

「きみは彼女のボーイフレンドか？」

「正確には、ボーイフレンドだった、ですね」

「くわしく話してくれ」

「おれはずっと続いてほしかったんだが、彼女のほうがそう望まなかった」

「どうして？」

「わかるだろう、相手が女だと……」

「古くからの知り合いか？」

「一年ぐらい前から。われわれは彼女の住む街で出会った。音楽祭の夜だった。おれはギターを持ち、彼女はヴァイオリンで、二人して、マリー橋の上で、ちっぽけなコンサートをやったんだ。大成功だった、ちょっとした騒ぎになってね。彼女は大喜びで、おれもちょっぴり儲けさせてもらった、それから、なりゆきで、彼女といい仲になった」

「プールティエ通りで、彼女と一緒に住んだのか？」

「残念ながら、そうじゃない。マルゴワール婆さんはぜったい許さなかっただろう。それに、あの司祭がいた。この二人のボディガードによって、ジュリーはがっちり守られていた！　プールティエ通りには、何度か行ったことがある、だが、いつも、こっそりとで、ばばあと司祭の留守をねらってだ。ミサのあいだにセックスをした、ジュリーが音楽とヴァイオリンの仕事をしないときだけね。だから、そう度々じゃなかった……」

メルシエは彼の顔を注意してじっと見つめていた。ジプシーは協力的だったが、ガードは固かった。いらだっているらしく、そのごつい手が震えていた。明らかに、彼は怖がっている。

「きみはどこに住んでいる？」

「レ・アルの友達のところ。ジュリーもときどき来たよ」

「しばしば？」

「おれからすれば、しばしばじゃない。あんたは彼女を知ってるのか？」

「見かけたことがある」

「それじゃ、おれは運がよかったことがわかるだろう。彼女は、あんなにきれいで、あんなに優しい。おれのような、不細工で、貧乏で、定職もない男、おまけにジプシーときてる……夢のような話さ。何カ月間かは、毎日宝くじに当たったような気分だった。ほんとうに幸せだった」

「それで、きみはどう説明するのだ、その幸運を？」

「説明などつかない。たまたま雌鹿がイノシシと仲よくなったようなものさ。自然界の不思議みたいなものだ」

「なぜ、その夢が終わったのだ？」

ジプシーは打ち明け話を中断した。この警視はおれをひっかけようとしている……。

「答えなければいけませんか？」

「そう思う」メルシエは厳しい口調になって答えた。「わたしは判事から共助の依頼を受けている。しかし、もしきみが条件付き出所の取り消しを望むなら、きみの自由だ。なぜきみは彼女と別れた？　あるいは、誰のせいで別れたか？」

「彼女に言い寄るやつはいっぱいいた……」

「誰だ？」

「まず、あのヴァイオリン職人、ジャンとかいう。二人は、サン＝ルイ＝アン＝リール教会で一緒に音楽をやっている。彼はオルガンを弾いている。あいつは、本物の偽善者だ。ばばあにとても気に入られている、お上品で、行儀がよくて。ジュリーはやつを仕事仲間とは思っていたが、その他の点では……。感情というのは、警視さん、わかるだろう、どうにもならないんだ、自然にわいてくるもので、説明などしようがない」

メルシエは受刑者を観察していた。緊張し、歯ぎしりしそうになり、自分の矛盾に足を取られている。もし彼が自分の気持ちにだけこだわるなら、彼は一言もしゃべらないだろう。しかし、彼は、警視の質問に答えなければならないのだ。

「で、他に誰が？」

「あんたはよく知っているはずだ」

「とにかく、言いなさい」

「あんたはプールティエ通りに行ったんだな……」

「で、それから」

「司祭だ、彼は一階に住んでいて、ジュリーは三階にいる」

「ああ、屋根裏の小さな部屋だ、それで？」

「それで、あいだに二階がある。そして、二階には何があるか？　浴室だ！　あんたはあれを見ましたね、あの浴室を」

「ああ、それで」

「豪華な、バラ色の大理石製で、四方の壁はガラス張りだ。カラフルなモザイク、薄紫とオーカー色の、想像もできないような色彩。香りのいい石鹸、光いっぱいだ。あんたは変だと思わなかったですか、あの、かなりひどい家にあんな豪華な浴室があるなんて？　それにしても、それが司祭のためのものだなんて、やっぱり思えませんよね！　あんたは何も驚かなかったんですか、あんた方、警察は！」

「あれはジュリーのためか？」

「お祭しのとおり」

「むしろ、優しい男だったのだ」

「そう、《優しい》。あんたは正確な言葉を見つけた。あんたはだんだんわかってきた……。司祭はジュリーに対してとても優しかった、そして、たぶん、ちょっと優しすぎるぐらいだった、彼女から見たら」

「彼女がそんなことをきみに全部しゃべったのか？」

「浴室は、おれが自分の目で見たよ、何回かシャワーを使ったこともある。その他のことは、ジュリーがおれに話したんだ」

「彼女はそれを喜んでいたのか？」

「それほどでもない。しかし、彼女は司祭を褒めちぎっていた、教会の人間なのに、あんなに話がうまく、自分を引き取ってくれたし、何でもよく知っていて、自分の音楽をあんなに愛してくれたと……。それから、彼女は彼に影響されていた」

「どういうことだ？」

「ジュリーが何より優先しているのは、自分のヴァイオリンと音楽だ、とくに、楽器を変えてからはね。もう一つのほうをずっと持っていたほうがよかったのに……」

「説明してくれ、どういう意味かわからない」

「ジュリーは父親からもらったヴァイオリンを持っていた、ごく普通のヴァイオリンだった。それが、ある日、とつぜん、去年の六月中ごろだが、彼女は新しいヴァイオリンを持って教会にやって来た。それからなんだ、何もかもがうまくいかなくなったのは。まず、おれに対して。というのは、ハネムーン気分の時期があっという間に終わり、彼女は毎日、深夜まで、ヴァイオリンを弾いて過ごすようになった……おまけに、彼女は自分の音楽によって、司祭を魅惑したんだ」

「ジュリーは夜中に、教会でヴァイオリンを弾くのか？」

「ああ、誰に聞いてもそう言うだろう。その新しいヴァイオリンはすばらしい音色を出すんだ。教会というのは、この種の楽器を演奏するには理想的な場所なんだ。しばしば、彼女は明け方になって帰ってきた、音楽に酔いしれて。まるで幻覚を見ているかのように、目が血走っていた……。宗教や麻薬に憑かれたよりももっとひどい。要するに警視さん、おれの立場を一口で言うと、おれはヴァイオリンによって寝取られたんだ。おれは彼女の人生にとって些細な存在にすぎなくなった。夜を教会ですごすために、彼女はすべてを受け入れたんだろう」

「正確にいうと、何を受け入れた?」

「司祭が、夜、浴室で彼女をちょっと眺めることさ、たとえば……」

「それ以上のことはしないのか?」

「ああ。彼はぜったいに手は出さなかった」

「確信があるのか?」

「おれたちが出会う前までは、ジュリーは処女だった、おれはそれを知る立場にあったんだ。ばばあにたずねてみればいい」

「マルゴワール夫人はそんなことまで知っていたということか?」

「ああ、もちろん。ジュリーの打ち明け話の聞き役だ。彼女たちは何時間も二人でおしゃべりをしていた」

「で、マルゴワール夫人は黙って放置していたのか?」

「司祭だ。司祭は婆さんをまるめこむ術を心得ていた。去年の七月、婆さんは、田舎の父親を埋葬するために、留守にしなければならなくなった。婆さんの出発前に、司祭は彼女に、浴室にいくつか工事をほどこす許可を求めた。彼女は何の不審もいだかず、承知した。十日後に彼女が帰ってくると、部屋は完全に改装されていた。彼女は怒って文句を言ったが、後の祭だった」

「いったい、どんな工事をしたのだ?」

「むしろ、しなかったことが、彼女を怒らせたんだ」

「というと?」

「新しい浴室さ……浴室にはもう扉がなかったんだ。司祭はジュリーに夢中になってしまった、彼女なしではもうやっていけなくなった。彼女を見なければならなかった、聞かなければならなかった……」

「どういうことだ、その、聞くというのは？」

「ジュリーが夜に教会で演奏するとき、司祭もいっしょにそばにいて、何時間も聞いていたんだ。彼は祈っていたと言っていたが、うっとりとなっていたんだ、きっと」

「で、それから？」

「次の日曜日、司祭はすばらしい説教をするんだ。その説教を聞くため、人々が遠くからやって来る、そして彼は、ジュリーに言うのさ、これは彼女のおかげだ、彼女のおかげで人の心を打つぴったりの言葉や、声の出し方がわかるんだと……。何カ月ものあいだ、毎晩彼女の演奏を聞いたあげく、彼はそれだけではがまんできなくなった、そして、彼女を見たくなった。二階の浴室はそのためだ。というわけで、あんたもすっかりわかっただろう」

「彼女は拒否することもできただろう」

「ああ、しかし、彼女は教会から締め出されるのを恐れていた。彼女は選択したんだ。ギヴ・アンド・テイクさ。あんたはわかってくれるだろう、なんでジュリーとおれとの仲が大して発展しなかったかが……おれたちは午後にしか会えなかった、しかも、それほど長い時間じゃない。あんたはあのヴァイオリンを聞いたことがあるのか、警視さん？」

「ああ」

「それじゃ、わかってくれるだろう……。おれはギター弾きの端くれだから、メロディーはとても好きさ、だが、音楽は、ジュリーにとって、ほんとうに生きがいなんだ……」

「それで、マルゴワール夫人は？」

「ばばあは、かわいいジュリーが大好きさ。いずれ彼女を自分の相続人にするつもだと言っていた。婆さんはすごい金持ちなんだ、あの界隈にたくさんの不動産を持っているんだ」

「しかし、ジュリーはどのようにしてそのヴァイオリンを手に入れたんだね？　きっと高価なはずだ、そんな楽器は……」

ジプシーは顔を伏せた、すでに、しゃべりすぎたと心配しているのだ。

「あんたが彼女に聞いてみればすむことじゃないか」

「そうしてみよう。この前の日曜日の午前中、きみはどこにいた?」

質問はあまりにも思いがけなかった、あまりにも唐突だったので、ジプシーはどきっとなった。ふたたび、その目に脅えの色がはしった。この男が臆面もなく嘘をつくのを、メルシエは先ほどから不愉快に感じていた。べらべらしゃべるのは、何かを隠そうとするためなのだ。

「どうなんだ? きみの答えを待っているんだ!」

「いつもの日曜日のように、おふくろのところに行っていた、パンタンのトレーラー住宅に住んでるんだ。確かめてみたら」

メルシエは、今日のところはこの男からこれ以上何も引き出せそうにないと判断して、面談を打ち切った。事件は入り組んでいるが、今では、裏の事情があり、取り巻く環境があり、主役たちと一人の殺人犯がいた。行きずりのこそ泥の犯行と考えられない以上、別の仮説が浮上してきた。それに、ポワトゥヴァン司祭の人物像、あんなにも優れ、傑出していたその人物像が、今や影の部分を担っていた。マルゴワール夫人はジュリーを守りたかったのだろう。ジュリーは覗き見趣味の司祭にうんざりしていたかもしれない……。さらに、ジャンと、司祭のことをよく思うはずがないあのジプシーがいた。だが、そのことが犯行に結びつくのか……。


看守は警視を女性棟に案内した。監房の陰気な壁や扉が、いつもの単調な罵声を反響させていた。デカが通るたびに、あきずに繰り返されるこの声は、見られているぞと彼にわからせるためである。

ジゼールは数日前から独居房に入っていた。顔色こそ青ざめていたが、獄中で三年間すごしたにもかかわらず、あどけない顔や、ひときわ美しいブルーの目によって映える繊細な顔だちは昔のままだった。丸みをおびた輪郭もそのままだった。警視の首にとびつきたいのを抑えて、彼女はにっこりと笑って挨拶した。警視は看守を去らせた。

「こんにちは、警視さん、わざわざ会いに来ていただいてありがとう！　あす出所だということご存じでした？」

「ああ。それに、きみに会って話したかったのはそのことなんだ」

「何でしょうか」

「きみは、どうするつもり？」

「まず、自分のお金を回収しなければ。ご存じでしょう、わたしたちはお金を銀行に預けないのですよ……」

「どこにあるんだい、きみのお金は？」

「仲間のところです……」

「で、かなりの額、あるのかい？」

「お札が砂糖壺にいっぱい」

「どこで生活するつもり？」

「それが問題なんです。もし、街頭にもどれば、あなたがたは一週間もしないうちに、弾を二発撃ちこまれたわたしのからだを回収することになる。でも、働かなければ……街頭はわたしの商売道具、わたしの仕事部屋、わたしの営業財産です」

「生活を変えるつもりはないのか？」

「遅すぎます。愛すること以外に、わたしは何もできないのです。わたしにはいいお客がついています。まだ気に入ってもらえるはずよ、きっと。やくざの連中とは交渉するつもりです。たぶん、デデとも」

「交渉する？　何を交渉する？」

若い女は一瞬、躊躇するような目つきになった。警視に胸のうちを明かしていいのだろうか？

「とても簡単です。生命《いのち》と引き換えに、かなりの額のお金をはらうのです。お金ならすでに持っています。その上で、仕事にもどります。一番の難関は、最初のあいだです。わたしは隠れていなければならない。彼らはわたしを探しまわります」

「わたしが迎えにいってやろうか？」

「ありがとう。でも、刑務所長とすでに話がついているのです。わたしは覆面パトカーで外に出ます。警察の人たちは、誰にも尾けられていないのを確かめた上で、あとはわたしのささやかな運にまかせます」

「どこへ行くつもりかね？」

「わたしはすべてを予測しました。最初のうちは、大きなホテルに隠れるつもりです。わたしのために、一部屋予約してくだされぱありがたいのですが、たとえば、ソフィテル・サン＝ジャック、ここからはすぐのところです。わたしにはずいぶん高いものにつきますが、選択の余地はありません。小さな連れこみ宿なんかだと、見つけられる恐れがありますから」

「怖いだろう？」警視がたずねた。

「ええ。死ぬのは怖くはありません、怖いのは、苦しむことです。デデはわたしにメッセージをよこしました」

　メルシエはぎょっとなった。彼女はブラウスの下からしわくちゃの紙切れを取りだした。それはこう読めた、《たれこみ屋の淫売、まあ待っていろよ。お前よりおれが先に出るからな》。

　彼女の目尻には涙が光っていた。

「それはあなたが持っていてください」紙片を返そうとした警視に彼女は言った。

5　ピニョルの容疑者

サンテ刑務所を出ると、メルシエは五階のほうを見上げた。この重警備棟にデデがいるはずである。すでに正午だった。空気は湿気をはらんで、むしむししていた。人々は夕立を待ち望んでいた。受刑者たちのいる狭い監房は蒸し風呂のようになっているにちがいない。司祭の事件は謎が深まり、ますますメルシエの興味をそそったが、今後は自分の保護下におかれることが暗黙のうちに決まっているジゼールに対する責務も、おろそかにしたくなかった。このほうが優先事項だった。ピニョルはまだあと数日はサン＝ルイ島で捜査をつづけるだろうから、その間にジゼールの安全を確保するのだ。彼女の提案した解決策——安全を金で買い取る——を最もよしとすべきだろう。デデはまだあと十五年は刑務所にいるわけだし、弁護士への支払いや通常食を補う食事代に金が必要だろう。ジゼールは貯えを持っている。これはやくざ社会のしきたりであり、誰にも変えることはできない。この取引が開始されるまで、数日間、たぶん一週間、何としてもジゼールを匿わなければならないのだ。ギョームはたぶんデデとの仲介役になるのだろう。そしてジゼールは友達を使ってもいいわけだ。こういう取引には、仲間の娼婦なら役に立ってくれるだろうし、ギョームの信用も得られるだろう。ジゼールにとどいた紙片は、自分に有利な力関係で交渉に入るための単なる脅しに過ぎないのではなかろうか。

　オルフェーヴル河岸の庁舎にもどると、メルシエはチームの全員を呼び集めた。ギョームはおそらくデデを助けるための仲介役を務めるだろう。いかなる事情があっても、彼から目を離してはならない。

「この男にぴったり張りついてくれ。こいつの電話はすでに盗聴されている」

「でも、やっこさん、すぐにわれわれに気づきますよ！」

「それは大した問題じゃない。大事なのは、こいつがおとなしくしているように、びくつかせることだ」

「さっそく、デデにこのことを伝えようとするでしょう……」

「そのとおり。われわれがプレッシャーをかければかけるほど、やつらはジゼールに対して厳しくなくなる、やつらは、ますます決着を早くつけたがるだろう」

「やつらがジゼールを殺すのを諦めたと考えているのですか？」

「今のところは、独房に閉じこめられて、デデはきっとジゼールの命を望んでいるだろう、しかし、数日もたてば、やくざ社会は、何が得になるかをあいつにわからせるだろう。高額の現金は、傷つけられた面子《めんつ》にはつねに最高の塗り薬だ」

「彼女には隠れ家があるのですか？」

「ああ。出所するとすぐに、ソフィテル・サン＝ジャックに隠れる。どうしても必要な場合以外は、そこからは出ない」

「彼女に尾行をつける必要は？」

「ない。やつらが彼女を殺すと決断すれば、われわれには防ぎようがないだろう。彼女はほうっておくほうがいい。われわれが働きかけるのは、ギヨームに対してだ。この男はデデの鎖の弱い環だ」

「デデにはそのことがわかるにちがいない」

「ああ、しかし、あの男の今いる場所から、仲間たちのやることに、けちはつけられないさ……」

行動計画を練る作業は十四時までつづいた。メルシエはチーム全員のために、サンドイッチと飲み物を注文した。うだるような暑さで、みんな汗だくになっていた。彼がやっと自分の部屋にもどれたのは十五時近くだった。窓辺に置いた鉢植えのツバキは、暑さにぐったりとなって、哀れな様相を呈していた。メルシエはソフィテル・サン＝ジャックに電話を入れて、明朝到着する予定のマダム・ジゼールという婦人の名で一室を予約した。

夕方、本部長はメルシエを呼びつけた。ピニョルは班にもどったところだった。彼はサン＝ルイ＝アン＝リール教会事件で、自分の想定している容疑者をただちに警察監置にするべきだと言っていた。夕立はまだ襲ってこなかったが、巨大な黒雲が集積しはじめていた。メルシエ警視は疲れていた。昨夜は眠っていないのも同然だった。ジゼールが明日出所する。そのことですっかり注意を奪われていたのだ。今はまだ、ピニョルに話して余計な心配をかける時機ではない……。ピニョルは本部長室にいて、晴れやかな顔をしていた。

「さあ、ピニョル、きみの捜査結果をメルシエに話してやれよ。きっと彼も興味をひかれるぞ」腕まくりし、ネクタイをゆるめた本部長が言った。

ピニョルは得意そうだった。何かを見つけたにちがいない。メルシエは発見をそんなに恐れていたわけではない、ピニョルがそれから引き出す危険な解釈が心配だったのだ。

彼の思ったとおりだった。

「こういうことです。われわれが近所の聞きこみをしたところ、大勢の人々が、ジュリーは夜になると決まって教会に行って、ヴァイオリンを弾いていた、と言っていました。小さな入口がプールティエ通りに面してあります、ちょうど司祭の家の正面です。これは直接身廊に通じています。ジュリーは鍵を持っていたと思われます。この同じ人たちが、ポワトゥヴァン司祭がやはり夜にこの隠し戸を入っていくのを目撃しています」

「司祭が教会に祈りにいくのは当然のことじゃないか！」

メルシエはいらだっていたので、ピニョルが何を言っても反対してやろうと思っていた。

「そのとおりですよ。警視」制服組の隊長は愉快そうに答えた。「だが、一日じゅう教会で祈りを捧げている司祭が、夜にはからだを休めて眠ったって、神様は怒りはしないだろう。司祭と若い娘が夜な夜なこうして一緒に過ごすという事実は認めなくちゃ……」

「きみは少し誇張している！　ジュリーはオルガンのある階でヴァイオリンを弾いているのだ。ポワトゥヴァン司祭は身廊で祈っているが、それはそこより三メートルも下なんだよ。ちょっとやそっとで、顔を合わせたりするものか」

「まあ待ってください、警視、それだけじゃないんです。司祭の家の向かいに住んでいる別の人たちが、プールティエ通りの小さな中庭で、夜に目撃したことがあるんです……」

「話してくれ。だが、司祭の陰口なら真っぴらだ」

「夜中、司祭の家の二階で、明かりを見たんです」

「それで？」

「それで、二階には浴室があるんです。だが、これが普通にある浴室じゃない。バラ色の大理石と陶器でできた見事なもので、鏡でおおわれています。窓が二カ所にあり、一つはすりガラス、もう一つの、小さな廊下に面したほうは、普通のガラスです。完全に透かして見えるのです」

「それで？」

「それで、夜中、司祭がその廊下にいるところをはっきり見たというのです、そのとき、ジュリーは浴室にいたんです。わたしは二人の人間から、信用に足る署名の入った証言を得ています！　この事実をどう思いますか？」

「司祭殿は、この聖なる人物は、ちょっと覗き趣味がある。こんな些細なことで、人は殺したりはしないよ」

「それはどうですかな。年若いジュリーは傷つきやすい。耐えきれなくなったかもしれない。それに、彼女にはボーイフレンドがいる、あなたが今朝サンテ刑務所へ会いに行ったあのジプシーです。ところで、彼は何か話しましたか？」

「浴室の話をたっぷり聞かせてくれたよ……扉がついてないとか」

ピニョルは悔しそうに口をゆがめた。本部長はからかうような微笑を浮かべた。つまるところ、隊長は本当の意味の新発見はしていなかったということだ！　せっかく本部長をびっくりさせようと思ったのに……。会話が険悪になるのを避けるため、本部長は口をはさんだ。

「捜査の成果はこれ以外に何があるんだい、ピニョル君?」

「第一段階で、わたしはプールティエ通りに引き返して、あのジュリーの部屋を捜索しました」

「それで、何を見つけた?」

「部屋はかなり質素です。鉄の小さなベッド、洋服ダンス、楽譜でいっぱいのテーブル、それと、ヴァイオリンが一挺。とても古いヴァイオリンです。ケースの底板に銘が刻まれていました」

「どんな銘だ?」

「ラテン語です。手帳に書きとめてきました」

そう言いながら、彼は小さなノートを出して、きまじめに読みはじめた。

「こう書かれています」彼はおずおずと言った。

「《Cremonensis faciebat anno》、それと数字がありました」

「たぶん、年代だな」

「おそらく。数字はもう覚えていません、メモしなかったんです。わかるでしょう、わたしが、ラテン語をですよ……。それから、あの小娘は日記をつけているにちがいありません」

「どうしてそう思うんだ?」

「テーブルの上にインク瓶とペンを見つけたんです、われわれの祖父母たちが使っていたようなやつです。とくに、わたしが妙だなと思ったのは、そのインクの色です。紫でした。ジュリーのインクは紫色なんです。公けの書類を書くときには絶対に使わない色です。彼女は日記帳を持っているはずです」

この日記の話に警視は微笑んだが、それがピニョルには気に入らなかった。

「この簡単な捜査のあと、マルゴワール夫人に質問しました。ジュリーとこの女が何か重大なことを知っていて、二人とも何も言おうとしないんだということを、わたしは確信しました」

メルシエは、葬儀のとき、教会でこの老夫人に会って、同じ印象をいだいたのを思い出した。

「内心そう確信した……それはどういうことかね?」本部長は問いただした。

「ですから、そこなんです。ちょっと言いすぎですよ! メルシエが、確信したとか、直観したと言えば、あなたはそれを信じるでしょう、だが、わたしがそう言ったら……。ひどいですよ、あんまりだ!」

「まあ、そう怒るなよ、ピニョル、理解しようとつとめているんだ」

「あらゆることから、何もかもひっくるめてですよ。つまり、若いジュリーは我慢できなくなって、浴室の件を告白したんです」

「そんなことが役に立つのか! あの浴室のくだらない出来事は、たぶん、われわれが扱っている犯罪と何の関係もないよ」

「あの件がわれわれに容疑者を指し示しているんだ。小娘と老婆は、二人とも、われわれに対して大きな秘密を隠し持っている。あの二人から目を離すわけにはいかないですよ」

本部長は、会話が今にも隊長と警視との対決に展開するのではないかと感じた。彼は割ってはいることにした。

「きみはどうしたいんだ、ピニョル?」

「警察監置にするのです、ジュリーは何もかも吐きますよ。それが事態を進める唯一の方法です。アリの巣を蹴とばすんです」

本部長はメルシエのほうを向いた。

「きみはどう思うかね?」

「もし小娘が犯人なら問題はないですよ。ブラボーです。だが、彼女が潔白なら、それに、司祭の被害者なのだから、たぶん、このことで宗教に悪い感情をいだくでしょう。彼女はこの警察監置によって心に傷を負うでしょう。こういうことは、われわれの仕事について持ってもらいたいイメージからはずれている。ピニョルは、司祭殺しに直接結びつく材料を何も示していない。あの浴室の話だって、わたしの意見では、この殺しとは何の関係もない。証拠のレベルは不十分だし、動機は乏しい。ジプシーはこのことを知っているのに、嫉妬すら感じていないようだ。ポワトゥヴァン司祭は、浴室には絶対に入らなかったし、ジュリーには絶対手を出さなかったらしい。ピニョル、あんな推理だけでは、サン＝ルイ島の住人の半数を警察監置にすることになりかねない。なぜマルゴワール夫人をそうしないのだ、今朝わたしが会った前科者のジプシーはどうなんだ、あるいは、教会でオルガンを弾いているジャンだっている、あの男はジュリーにすっかり参っているらしいぞ?」

ピニョルはびっくりして目をむいた。

「その男は、むしろ育ちがいいほうだ」

「育ちのいい犯罪者なら、記録簿にいっぱい載っているよ」

「わたしは」ピニョルは言い返した。「すべてがあの司祭を軸にまわっていると信じています。彼は事件の中心存在だ。教会、プールティエ通り、そこに住む人たち、とくにジュリー。この捜査にはすべてが含まれるんだ」

「ちがうよ、ピニョル、この事件の中心は司祭ではない。この点について、わたしの考えを聞きたくないか?」

メルシエは少し間をとって、肘かけ椅子にゆったりと座りなおした。彼としては、ジゼールという心配事をかかえているときに、ジュリーが明日にも警察監置にされるのは避けたかった。彼はすでに、ピニョル隊長の厳しい尋問を受けたにちがいない若い娘に対して、いささか後ろめたい気持ちになっていた。彼は猶予期間がほしかったのだ。本部長が沈黙をやぶった。

「話してくれ、メルシエ」

「この事件の中心は、音楽とヴァイオリンです。だがもちろん、これは抽象的な概念で、警察学校で教わるようなものじゃないよ、ピニョル君。そこで、きみのアリの巣だが

「……」

「おしゃべりはいいよ」ピニョルが言い返した。

「わたしが何の話をしているか、きみは知らないだろう。あのヴァイオリンだが、きっと、きみは聞いたこともないだろう」

「わたしは音楽好きじゃない……それに、あなただってそうじゃないか。あなたも聞いたことはないんだろう」

「それが違うんだ。昨日の午後、サン＝ルイ＝アン＝リール教会で葬儀があった。ジュリーがそこでヴァイオリンを弾いたのだ」

「あなたもそこにいたのか?」

「ああ」

本部長はこの話し合いを終えることに決めた。

「よし、ジュリーに対する警察監置を最終的に決定する件は、もう少し様子を見よう。しかし、だからといって、その可能性がまったくないわけじゃない。さもないと、捜査の筋道が失われかねないからな。ピニョル君、きみはきみの仮説をもっと強固にするんだ、そして、補足する証言が得られたら、われわれに報告してくれ。それから、メルシエ君、きみはきみで、別の容疑者を見つけてくれ、もし、ピニョルの容疑者が気に入らないというなら」

メルシエは一日か二日の猶予を得た。そのころには、ジゼールは刑務所を出ているだろう。彼は暑かった。夏は事件と何の関係もなかったが。

6 デデの脱獄

その日の深夜、壁土色の風変わりな人物がアラゴ大通りを下っていた。重いリュックサックに背中を丸くして歩いている。午前三時だった。みんなが待ち望んでいた夕立は、もうそう遠くではなかった。稲光がときたま闇夜に縞模様を描いていた。不吉で不気味な雷鳴とともに、閃光が走り、落雷が轟く瞬間が近づいていた。大通りはほとんど人けがなかった。この夜の遊び人はダンフェール＝ロシュローのほうからやってきた。孤独なシルエットは早いしっかりした足取りで、音もたてず、木立の影を縫って歩いていた。

大通りと直角に交わるメシエ通りを越えると、彼は石作りの高い塀に達した。アラゴ大通りにそって建つ刑務所の灰色で陰鬱な建物、堂々たるその巨塊は、このあたりでは、マロニエの巨木で二重に囲まれている。樹齢百年を越えるこれらの木々は、建物を囲う塀よりも高くそびえ、昼間は緑のスクリーンになって、通りから刑務所の最上階を見通すのをさまたげていた。街灯がマロニエの影を塀に投げかけていた。男は躊躇することなくとつぜん立ち止まり、たまたま通りかかって赤信号で止まった車が、遠ざかるのを待っていた。ひょっとして警察の車が通りはしないかと見まわした。夜間、サンテ刑務所の周辺では何度も巡回が行なわれる。耳を聾する雷鳴とともに激しい雨が落ちてきたのは、ちょうどその時だった。ひときわ明るい雷光が、一瞬、大通りを照らしだし、ほとんど同時に、爆発音のような雷鳴が轟いた。つづいて、その不気味な余韻。ギヨームは思わず跳び上がった。落雷がそう遠くないところであったのだ。大粒の雨はたちまち車道を水浸しにした。ギヨームは一本のマロニエと塀のあいだに陣どった。これで、通りからは見えなくなった。彼はうずくまり、リュックサックからスパイク・シューズを取りだした。すばやくそれを足につけ、革の太いベルトを手にして、木によじ登り、軽業師のような身軽さで、密に茂った枝葉のなかに消えていく。彼は一週間以上も前から、毎日トレーニングをつづけていて、その日だって、自分が尾けられているのに気づいたために、しかたなく取りやめにしたぐらいだ。数秒後には、大通りを通る車からも、彼の姿は完全に見えなくなっていた。

ギョームは二十二時ごろ、リュックサックを手に持って家を出た。夕方は一人になって、ザックの中身を改めたり、デデのひそかな脱獄のためにとるべき動作を思い浮かべて、それを反復練習しながら過ごしていた。住まいの前で張っていた男を撒くのに大変な苦労をさせられた。まず地下鉄に乗り、何度も乗換えを繰り返して、尾けられていないのを確認したうえで、最後に、ダンフェール＝ロシュローのブラスリーに逃げこんで、そこで夕食をとり、新聞を読みながら時間をつぶした。宵のあいだに、一つ一つの動作を反芻し、あらゆる障害を想定して、やっと自信がついたのだ。彼は、かつて高いレベルの競技会を前にして感じたあの感覚を取りもどしていた。興奮した大観衆にとりまかれ、コーチから耳にタコができるほど聞かされる助言にうんざりしながら、懸命に無心になろうとつとめていたあの気分。好成績を約束する最高の保証は、自分に集中できるこの能力である。試合はそのとき、一種の解放として働くのである。

ギョームは十歳も若返っていた。その夜、彼は人生に対する復讐をするのだ。日々の生活は彼から尊厳と誇りを奪った。彼は記録に残るようなとてつもない偉業を達成して、復讐をとげようとしているのだ。こうして、失われた時間を取りもどし、自分がつまらない落伍者とは別ものであることを証明するのだ。デザートを食べているとき、携帯電話が鳴った。彼はポケットから電話を取りだしたが、出るのはやめた。警察が彼につきまとっているのはわかっていた。ひとりの警視が昨夜、彼が出演しているナイトクラブに彼を見にやって来た。今夜は撒くことに成功したが、尾行は、脱獄計画を延期しようかとためらうほど、彼を不安にさせていた。しかし、デデが重警備棟に移されて以降は、彼と連絡をとることはできない。骰《さい》は投げられたのだ。ギヨームは約束をした、今さら引き返すわけには行かない。

彼は、なぜ警察がとつぜん自分に興味を持ちだしたのか理解に苦しんでいた。最近はどんな違反行為もやっていないし、デデが単に虚勢をはるために、近々脱獄してみせると大口をたたいたのは、彼の想像外のことだった。彼が考えだし、実行を決めたこの企ては、失敗を許されない。細心の注意を払って準備をととのえたのだ。ともかく、ブラスリーを出る前に、彼はコニャックを注文し、元気づけのためにそれを一気に飲み干した。いそいで支払いをすませ、大きいリュックサックを手にして、店を出た。

鳩が、この新種のアルピニストにねぐらを乱されて騒がしく飛び立ち、雲のあいだから顔を出した三日月の微かな明かりのなかを去っていった。ギヨームはそこに、仲間のための新しい自由の前兆を見た。彼はデデをとても崇拝していた。弾をこめないでピストルを所持する強盗、バスク独立運動の無条件的支持者、組織的大型犯罪という悪の世界の異色の芸術家。夕立は雷鳴と豪雨が混じり合って、騒々しい音をたてていた。大粒の雨は車道にはねかえり、街灯の明かりを反射して、無数の光となってくだけていた。この瞬間、ギヨームはとりわけ落雷を恐れていた。神の力が彼の危険な冒険を事前に阻止しようとしたのではないかと。彼は、刑務所の塀と同じ高さにある太い枝にまたがり、枝わかれした小枝の一つにたどり着いた。こうして、十メートル先に位置する監獄の窓をかろうじて見ることができる。内側に開く窓の格子の前面に太い棒の柵があり、その外側に、あらゆる侵入をふせぐ金網が張ってあった。ギヨームは枝にリュックサックをかけた。ゆっくりと慎重に用具を取りだしたが、その間も、最上階の窓を注意ぶかく見つづけていた。デデは、いくつも並んだあの窓のどれかにいる、いったいどれか？　ギヨームは合図を待っていた。

彼はプロらしい無駄のない的確な動作で、弩《おおゆみ》のさまざまな部品を組み立てた。毎晩舞台で使う弓よりも大ぶりの、強力なタイプの弓を持ってきていた。登山用のザイルと、細紐と、小さなザックを取りだす。最後に、非常に細いが丈夫な糸を巻いた糸巻を慎重に手にして、それを矢の先端に結びつけた。彼は糸の重みが的中精度を失わせることを知っていたので、弩の照尺をその分調整した。無名の主役を演じるのは、この場合、的に命中させるために彼が矢に与えるべき力である。力が弱いと、矢がデデの独房に進入していくときの音は低くなるが、その分、柵に跳ね返され、刑務所の塀の内側に落ちるリスクが高まる。警報が鳴る恐れが生じる。力が強いと、矢は窓の外側にある金網を容易につらぬくことができるが、独房の壁に突き刺さるとき、音を発するだろう。ギヨームは一つのことしか確信していなかった。的を外すことはない。児戯にひとしいことだ。易しすぎると言っていい。

三時半、合図はまったくなかった。それでも、ギヨームはヒーローになった気分だった。みじめな、ゼロ以下の自分が、この冒険によって生まれ変わるのだ。この快挙はきっと新聞の第一面を飾るにちがいない。彼は脱獄のアイデアを思いつき、計画を細部まで綿密にねりあげて、それを仲間に提案した。刑務所のデデに面会に行くバスク人の仲介者が交渉役を引き受けた。巨額の報酬が約束された。この金は、たぶん、ギヨームの人生の再出発を可能にしてくれるだろう。第二のチャンスと言うべきものだ。しかしながら、彼は、昨夜のショーのときに見かけたあの警視を恐れていた。あのデカの顔をはっきりと見たが、あいつが自分を尾行させているのだ。背中がぞくぞくしてきた。リュックのなかには、ぼろ切れに包まれた物体が一つ残っていた。それが闇夜にメタリックな光沢を放った。大口径の拳銃だった。デデがギヨームに、持ってくるよう要求したのだ。稲妻が夜空を切り裂いた。ギヨームは、雷雨のときは木から離れるようにとよく言っていた母親のことを思い浮かべた。

独房のなかで、デデは眠ったふりをして、監視員の巡回を待っていた。重警備棟では、受刑者は、このように四十五分ごとに、目視によって監視されている。ギョームの計画を成功させるには、塀際に位置する、できるだけ高い場所にいなければならない。したがって、重警備棟にほうりこまれるように、わざとマークされる必要があったのだ。受刑者同士の喧嘩というような別の手段を使うのは簡単だが、デデは、自分が一番強いということを見せつけるために、この脱獄をあえて口外することに面子を賭けたのだ。体制に対する挑戦は、彼の最高の楽しみだった。そのうえ、受刑者の世界では、こういう挑戦的な言動は快挙と見なされ、尊敬を得られる。もちろん彼は、遅かれ早かれ、自分が再びつかまることも、また、ひょっとしたら、このいささか常軌を逸した逃亡で殺されることも、承知の上だった。しかし、彼としては、自分を殺人事件捜査班に売ったジゼールに、どうしても復讐しなければならないのだ。やくざ社会は、少なくとも数日は彼を匿ってくれるだろう。その間に決着をつけるのだ。それから先は星しだい、というわけだ。

独房の戸口で、乾いた、金属的な音がして、彼はびくっとなった。監視用の覗き孔が開いて、また閉じられた。デデは、戸の向こうにいる制服の看守を思い浮かべた。脱獄のための持ち時間はあと四十五分。今度は彼の出番だ。ポケットを空にされ、ライターは押収されていたが、数本のマッチは目を逃れることができた。今となっては、大事な宝物である。数日前から、デデは、いくつものマッチ箱の側薬の部分を、少量の水に浸して注意ぶかくはぎ取っていた。こうして、ペースト状のものを回収し、それを靴底に塗りつけていた。したがって、いつでもマッチをすることができた。ギョームに合図を送るべきときがきた。彼は待っているにちがいない。

雨ははげしさを増し、稲妻は規則的な間隔で闇夜を切り裂いていた。囚人は窓を開け、マッチをすった。小さな炎が薄明かりのなかで光り、ゆらめき、消えた。彼は何度か同じ動作を繰り返した。四回目で、押し殺した口笛が、合図を見たと返してきた。幸運だった。マッチは五本しかなかった！　彼は、もう自分が一人ではないとわかってほっとした。ギヨームがそこにいる。彼は今や窓の位置を確認したのだ。デデは独房の外壁に身を寄せて待った。大粒の汗が流れ落ちて、視野がぼやけた。心臓の鼓動は割れんばかりに高まっていた。

ギヨームは矢をつがえた。かなり重いのを選んだ。尖らせた金属の先端の重さを何度も計った。それから、弓をかまえた。彼には、窓が巨大に見えた。子供の遊び、まさしくそうだった。稲妻が光る瞬間を待って、矢を放った。矢はうなりを生じて飛びたち、鈍い音とともに窓に命中し、独房の壁に突き刺さった。雷鳴が衝撃の音を消してくれた。デデは矢をつかみ、糸をほどき、慎重にそれをたぐり寄せた。糸の先に、ギヨームは細かく編んだ細紐で結び目を作っていた。そこには、デデがまず最初に窓格子を切除できるように、金属用のやすりと小さなペンチをくくりつけていた。さらに、徐々に十五メートルの細紐が引き寄せられた。今度はデデが、もっと重要な道具類を通すのに必要な穴を開けるために、窓格子の一部を切り取らねばならなかった。その道具で、独房の柵をできるだけすばやく切断するのだ。十五分もしないうちに、窓格子が開いた。囚人の手は血まみれになっていた。ギヨームは細紐の先端に太い登山用のザイルを結びつけ、こうして、電動の金鋸と、大型のやっとこと、厚手の手袋が入った小型のザックを通過させた。窓格子の残りと柵のために、さらに十五分が必要だった。デデはザイルを残っていた柵の棒に結びつけ、ギヨームが同様に他端を木の幹に巻きつけて結んだ。今度は、一人の人間の重量をたわむことなく支えるように、ザイルを最大限にまで強く張らねばならなかった。ギヨームは大きめのボーラインノッドを作り、鋼鉄のバールを手にすると、何度も何度も、木がみしみしと不気味な悲鳴をあげるほど強くねじあげた。ザイルは、今は、ヴァイオリンの弦のように、ぴんと張り詰められていた。

　向こう側では、デデが道具類を注意ぶかくザックにしまい、背中に背負って、しっかりからだにしばりつけた。矢を手にとって、口づけをした。こうして痕跡をいっさい残さないのは、これが彼の面子にかかわることだからである。小さくて高い窓を通り抜けるのに、彼は苦労した。十分もしないうちに、再び覗き窓がかたんと音をたてるだろう……。彼は足を組んでザイルにかけて先に通し、ついで、手袋をすべらせて少しずつ空中をマロニエまで前進した。ザイルはほとんど水平を保っていた。

　彼が最初にしたのは、澄んだ空気を思いきり吸いこむことだった。すばらしかった。刑務所の塀を越える瞬間は、快感だった。稲光がこの場面を照らしだし、デデは監視塔がすぐそばにあるのを見た。夜警が詰めているにちがいない。恐怖をおぼえた。顔は汗と雨でびっしょり濡れていた。救いの神、マロニエの枝葉のかげに早く逃げこもうと、彼は動きを早めた。

　デデは幸せな気分でギヨームの声を聞いた。

「大丈夫か？」

「大丈夫だ」

　それからは、すべてがてきぱきと運んだ。アプザイレンの方法で、ギヨームはザイルを回収し、それを使って、二人の男は地上に降り立った。二人は闇のなかに消えた。刑務所のサイレンが鳴り響いたころ、彼らはすでにはるか遠くに行っていた。雨はやんでいた。共犯者の雷雨は遠くに去っていた。

　アラゴ大通りのマロニエの根もとに散らばった無数の葉や小枝だけが、この前代未聞の壮挙を実証していた。

7　警視庁の動揺

メルシエは朝の六時ごろ電話で起こされた。電話を取ったのはメルシエ夫人だった。

「あなたによ」受話器をわたしながら彼女は言った。

「はい、もしもし」

「デデが脱獄しました」

「まさか！」

「いえ、本当です。やつは今朝の三時ちょっとすぎ、サンテから逃亡しました」

「どうやって？」

「くわしいことはまだわかりません。やつは窓から出ています。柵が一本、切断されていました。暴力行為は一切ありません」

「独房に痕跡はないのか？」

「まったく。ミステリーです。雷雨の最中に起こっています。誰も、何も見ていないし、物音も聞いていません。看守が警報を鳴らしました」

「よくもやってくれたな、褒めてやりたいよ！　で、ギヨームは？　あいつからは目を離していないだろうな？」

「実は……」

「あいつがきみたちの手からするりと逃げた、と言うんじゃないだろうな？」

「それがそうなんで。まるでウナギですよ。あいつは地下鉄に乗り、われわれは二十二時過ぎにあいつを見失いました」

「やつはどんな様子をしていた？」

「と言いますと？」

「そうだよ」メルシエは怒り狂って答えた。「やつはどんな服装だった、鞄は、ザックは、持っていたのか？　わたしにはわからんのだが！」

「大きいリュックサックを背負っていました」

「いったい、どうしてわたしに知らせなかったんだ？」

「とてもできなかったんです。前の晩も眠っておられなかったでしょうから……」

「まったく、どいつもこいつも庭の陶器の小人みたいなやつだな。それに、誰一人として、アラゴ大通りを一回りして、ひょっとして何か起こっていないか、見てこようとは思わなかったのか！　誰一人、サンテ刑務所に電話して、デデが確かにいるかどうか、目視してもらうことを考えつかなかったのか……。きみたちは警察学校で何を教わったんだ？」

「もう遅い時間でした……申しわけありません……一応は考えたんですが、思いとどまりました。サンテの所長を起こすにはもう遅い時間でしたし……笑われるんじゃないかと思ったんです……われわれは、あの脱獄の話など真に受けていなかったんです。こちらに来られますか？」

「この件は、きみたちだけに責任を押しつけても、文句は言えないぞ。車をよこしてくれ」

「ただちに、警視殿」

メルシエは受話器をおいた。幸先の悪い一日だ。そして、一時間後に出所するジゼールがいた……。彼は着がえをして、髭をそるのも忘れて、オルフェーヴル河岸に急行した。上着をきているときに、妻が注意をうながした。

「何にも食べないの？」

その声は咎めるというより、嘆願するような口調だった。

「腹はへっていない」


本部長に報告するという重い役目は、けっきょくメルシエにふりかかった。本部長も大急ぎでやってきて、メルシエに大目玉をくらわせた。八時三十分、緊急対策室がもうけられた。デデの写真がパリと郊外のすべての警察署に配付された。インターポールは警戒態勢に入った。この脱獄事件はパリ警察の最優先事項になった。本部長はデデの発見に全力を尽くすよう命じた。彼は、マスコミに対するのと同様、職業的な面でも、この件をうまく利用するだろう。九時、記者たちが殺人事件捜査班の部屋の前にむらがっていた。囚人が消えた……サンテ刑務所の謎……組織犯罪者リストに載った危険なテロリスト……脱獄のメカニズムを解明する手がかりは一切なし。デデはこの日のヒーローだった。しかも、重警備棟からの脱獄なのだ！　ラジオ番組はこぞって、刑務所の状況についての辛辣な決まり文句を流しつづけた。政府は事件に懸念を示していて、本部長はすでに上層部からの召喚を受けていた。

しかし、誰も、ギヨームが果したかもしれない役割については言及しなかった。これはメルシエにとって幸運だった。部下たちを集めた警視は、激怒していた。

「今回は、脱走犯がわれわれに予告していたのだ……昨日、わたしはわざわざ行って、刑務所長に警戒するように注意したのだが！」

「これから、どういう方針ですか？」捜査員の一人が思い切ってたずねた。

「われわれの唯一のチャンスは、ギヨームが警戒をゆるめて、携帯電話を使うことだ。で、そうなったときに、もしもきみたちがあいつを逃がすようなことがあったら、百年間、交通課勤務にしてやるからな！　これは命令だ、ギヨームのことは誰にもしゃべるな。デデは狡猾な奴だから、へまは犯さない。ギヨームはデデのアキレス腱だ。ギヨームは本物のやくざじゃない、それに、昨夜の成功で鼻高々だ、どじを踏む可能性は大いにある。デデのほうは、モグラのように穴に隠れているだろう。交渉役を引き受けるのはギヨームだ。やつは出てこざるをえないのだ」

「しかし……いつも、そのギヨームのことをおっしゃいますが……そいつが脱獄に関わっているのは、本当に確かなんですか？」

「何も確かなものはない。だが、わたしは偶然の一致があるとはもはや思わない。デデは確かに言ったし、ジゼールにも書いてきた、脱獄するとな。そうだろう？」

「はあ」

「ギヨームの名前を出したのはあいつだ。さもなければ、わたしはピガルの怪しげなバーをはしごし、安酒飲んで夜ふかししたりしなかっただろう。うちでぬくぬくと眠っていたさ」

「そんなことで何が証明されるのです……?」

「言いすぎだぞ!」メルシエは怒って答えた。「デデが予定していた脱獄の数時間前に、きみたちは、ギヨームが大きなリュックサックを持って出かけるのを見た。彼はきみたちを認め、尾行をまんまと撒いた。そのしばらくあとで、デデが姿を消した! 確かなものは何もない、しかし、少なくとも疑いは残る」

「それはやっぱり、思いすごしでは……やつはどんな役割をしたんです?」

「わたしには、ちょっと心当たりがある」

「昨夜、ギヨームがわれわれからずらかったあとで、やつの携帯にかけようとしてみました」

「やつは応答したか?」

「いいえ。サルみたいに悪賢く、キツネみたいに用心ぶかいやつです……われわれはやつの伝言サービスを聞かされただけです」

「二十四時間、あいつの電話を監視しなければならない。もしあいつが電話を使えば、所在を突きとめるのに、さして時間はかからないだろう。判事への書類はきみがやってくれ。それから、とくに、新聞にはギヨームのことは一言ももらすな」

「本部長には?」

「同じだ」メルシエはちょっと皮肉な微笑を浮かべて答えた。

十一時ごろ、彼は、ジゼールが無事にホテルに着いたことを確認した。彼女は自分の砂糖壺を取りもどしていた。さらに、彼女は四日分の前払いを求められていた。彼女はすでに、デデが脱獄したことを知っていた。メルシエは彼女に、くれぐれも用心し、危険な真似はしないように頼んだ。

「どんな理由があっても、外には出てはいかん。覆面パトカーをホテルの前に配置させた。わたしの班のものしかそのことは知らない。ホテルの従業員以外にはドアを開けるな。食事は部屋でとるんだ」

「わたしは尼さんになるしかないわね！」

「大げさに言うんじゃない、数日のことじゃないか！　デデのやつは、すぐに穴にもどしてやるから。心配するな」

「あなたを信頼してます。でも、警視さん、用心して、デデはずる賢いやつよ」

「わかっている。やつは刑務行政全体を笑い物にしたんだ」

「それに、あなたも……わたしは、それでも、あなたに警告しました。彼は、あなたにお渡しした紙に書いたことを、いとも簡単に実行しました。彼はわたしより先に外に出ていると言いました！　彼は言ったことを実行しました、これがすべてですわ。ああ！　彼はあなたを手玉にとったのです！」


午前中はあっという間に過ぎた。報告がぞくぞくと届いていた。ファックスはとだえることなく音をたてていた。電話はひっきりなしに鳴っていた。殺人事件捜査班の小さな世界は沸き返っていた。本省からもどってきた本部長は、怒りがおさまらず、どなりちらし、いらいらと動きまわっていた。しかし、誰彼なしにののしるのだが、メルシエには声をかけなかった。たぶん、この手ひどい失態の責任は彼にあると見なしているのだ。警察と逃亡者との勝負では、しかしながら、結果は見えている。デデが死ぬか、あるいは独房にもどるのは、そう遠い先ではない。メルシエはこのはげしい苛立ちを、傍観者として見ていた。彼は静かになりたかったので、そっと逃げだした。

　十三時ごろ、警視は一人で、近所のビストロに昼食をとりに出かけた。とつぜん空腹をおぼえ、休息をとりたくなったのだ。骰《さい》は投げられた。デデを見つけ出すための機械は動きはじめた、後は待つばかりだ。ピニョルまでがサン＝ルイ島の事件を放棄して、捜索に従事していた。メルシエは、四人がどのようにして脱出したかを推察していたが、この問題については、口をつぐんでいるほうが、ギヨームに対する彼の作戦がうまく機能するのだ。彼が不用意に姿を見せるか、電話をするまで待たねばならない。そのとき、ただちに彼の所在を突きとめることが可能になるだろう。いちばん厄介なのは新聞だった。新聞はすでに事件を笑い物にしていた。ただ、記者たちは、デデが何日も前からこの快挙を予告していたという事実は知らないようだった……このような情報は、《カナル・アンシェネ》をどんなに喜ばせることになるか！　原則として、彼が前日、わざわざサンテ刑務所に出向いて所長に警戒を促したことは、誰も知らなかった。本省との政治的な関係となるとやはり厄介であろうが、しかし、これは本部長の問題なのだ……。

昼食後、彼は家に髭をそりに帰ろうかどうか迷った。午後は何も起こらないだろう。ソフィテルに閉じこもっているジゼールは、今日は外に出ないだろうから、危険なことは何もない。デデとギヨームのほうも、しっかり身を潜めて、そうそう姿を現わさないだろう。それでも、オルフェーヴル河岸周辺は、情報を待ち受けているマスコミ連中に占領されていた……。近寄らないほうが賢明だろう。昨夜の雷雨で涼しくなって、気持ちのよい天気がもどっていた。警視はパリの街中を散歩することにした。

8 《処女《ピュセル》》と忘れられた死者

サン＝ミッシェル広場では新聞の売り子が大声をあげて、《フランス＝ソワール》の最新版を売りさばいていた。三面記事は思いもかけない特ダネだった。通行人たちが、事件の最新の詳報を知りたいと新聞にむらがり、第一面に載ったデデの写真をつくづくとながめていた。これだけ派手に宣伝されると、少なくともデデは出てこられないだろうから、これはジゼールにとってはすばらしいことだった。メルシエは新聞を買って、記事がギョームには触れていないのを確かめてから、手近にあったごみ箱に捨てた。

　このぽっかり空いた時間が誘い水になって、彼はふたたび司祭殺人事件の捜査に入りこんだ。河岸ぞいに、観光客の波にもまれて歩きながら、警視はパズルのさまざまなピースを組み立てようと試みていた。ピニョルはジュリーを警察監置にするだけの論拠を持っていた。彼女は、生きているポワトゥヴァン司祭を見た最後の人間だった。彼女には動機がある、たぶん弱いものだろうが、しかし、現実的である。それに、とりわけピニョルが認めているように、彼女は確かにすべての真実を語っていない。彼女が重要な証人であることは明白だ。そして警察にとって、証人と容疑者には紙一重の差しかない。しかし、彼女の音楽を聞いて以後、メルシエは奇妙な感覚にとらえられていた。ほとんど非現実的ともいえるあの透明な音楽が、たえず心のなかによみがえってきて、警察監置の客観的論拠を一つずつ消していくのだ。彼女のイメージがその感覚に重なり合った……。二十年も前なら、一目ぼれとでもいいたいところだが、今ではむしろ直観ともいうべきもので、それが、ジュリーを守れと彼に命ずるのだ。彼女は、ピニョルの尋問に耐えるにはあまりにも華奢《きゃしゃ》でひ弱だ。ピニョルは三度目の尋問で早くも彼女を泣かせ、私生活に立ち入って、彼女のもっとも内密にしておきたい事実を聞き出していた。ピニョル隊長はちょっときわどいところのあるこの話に喜んでいた。この事件では、彼は自分の捜査官としての才能のままに自由に振る舞うかもしれないし、本部長もそれを認めている。だがそのことが、ジュリーのような繊細な心にとって、どのような取り返しのつかないトラウマになるか！　歩きながらも、メルシエは、二通りの相反する仮説を検討していた。一方に、従順で、司祭の言いなりになり、マルゴワール夫人を尊敬する、諦めきったジュリーがいる。他方に、意志の強い、音楽のためには何でもする決意をした、司祭とジプシー青年とマルゴワール夫人をたくみに手玉にとっているジュリーがいる。マルゴワール夫人と、彼女が約束した遺産とのおかげで、若い娘は将来のことを気にかける必要はなくなった。もし彼女が本当に司祭から離れたいのなら、マルゴワール夫人に頼んで引っ越しすることもできたであろう……。そのかまととぶりにもかかわらず、彼女が主導権を握っていたのだ。彼女が、恋人といつ、どこで会うかを決めていたのだ。彼女は司祭を魅惑した、そして、マルゴワール夫人から全幅の信頼を得た。ジュリーは、側にいるものの人生を支配している謎のプリンセスなのだ。司祭の人生、家主の人生、ジプシーの人生。他に誰がいるだろうか？　明らかに要素が一つ欠けていた。あのヴァイオリンこそ、悪魔的な夢幻劇の主役だった……。しかし、パズルのピースが一つ、しっくりおさまらない。あのジャンである。サン＝ルイ島に住む弦楽器職人で、教会のオルガン奏者だとか。ジュリーに惚れているらしいが？　メルシエは渦に巻きこまれてしまった。事態を進展させねばならないが、いったい、どのようにして？　たぶん、ある一つの筋道を追っていくほうがよさそうだ。彼は昨日の夕方、事件の核心にヴァイオリンがあるという理由で、ジュリーの警察監置を退けた。この手がかりを掘り下げていくのがいいのでは？　彼は、若い娘が音楽学校を退学処分になっていたことを思い出した。これには当然、説明が必要だ。メルシエは今は少し時間がある。彼はタクシーを呼びとめ、音楽学校に走らせた。

校長は会議中だった。メルシエは十分ほど待った。

「はい、警視さん、わたしたちは数ヵ月前、ジュリーとは別れねばなりませんでした、残念でしたがね」部屋に通されると、校長はすぐに打ち明けた。

「彼女は悪い生徒だったんですか？」

「いいえ、むしろ、その逆でした……。ちょっと説明しましょう。二年ほど前になりますが、ジュリーは自由聴講生として登録しました。というのは、彼女の就学課程では、普通科への入学は許可されなかったからです。しかし、特別に才能のある生徒には、特別資格の便宜がはかられます」

「で、ジュリーの場合がそうだったんですね？」

「ええ、ジュリーは非常に優秀な生徒でした。彼女は絶対音感を持っていました」

「絶対音感？　それはどういう意味です？」メルシエはびっくりしてたずねた。

「音楽を聞いただけで、それを紙に書き記すことができる人がいます、声に出して読まれた文章を書き記すのと同じです。ジュリーにはその才能がありました。その才能を持たないものは、かなりの勉強をしなければなりません、しかし、持ち主には、すべてはもっと容易なのです。音楽はジュリーの自然環境、酸素みたいなものです。あの娘《こ》には演奏したいという切実な欲求がありました。彼女は覚えが早かった、自然に、努力もせずにです」

「それでは、すべてが非常にうまくいったのですね！　そのような生徒は、こういう学校ではとくに求められるのでは……」

「ええ、わたしたちは成績で評価されます。本校の生徒の選抜は非常に厳格です。とくに優れた個性の持ち主しか合格させません」

「ジュリーはとくに優れていた？」

「そうとも、否とも、言えます」

「どういうことですか？」

「彼女は優秀でした。しかし、とりわけ優れていたのは、彼女の新しいヴァイオリンでした。その楽器で、すべてが変わったのです。最初、彼女は父親から譲られた練習用のヴァイオリンを弾いていました。彼女はそこから最高の音を引き出して、教授たちとも、同級生たちとも、すべてうまくいっていました。彼女は非常におとなしく、素直で、嫌がることもなく、助言や忠告を受け入れていました。ところが、ある日、一年ほど前ですが、彼女は学校にあの《処女《ピュセル》》をかかえて現われたのです」

「ピュセル?」

「そうです。それは彼女の新しいヴァイオリンの名前です」

「つまり、ヴァイオリンに名前があるのですね?」

「そうです。とくに名器とされるヴァイオリンは、芸術品としてリストに載せられます、そして、名前によって識別するのです。ジュリーのヴァイオリンは、何と、ストラディヴァリウスなのですよ、警視さん、それに、ケースの底板にちゃんとその記名があります」

「ラテン語で?」

音楽学校の校長は見下すようにメルシエを見つめた。

「ええ、ラテン語です。十八世紀には、これが国際語でした。《Cremonensis faciebat anno 1709》と書かれています。これは、一七〇九年、クレモナ製、という意味です。クレモナは、アントニオ・ストラディヴァリ――あるいは、ストラディヴァリウスと言ったほうがよければ――が住んでいた小さな町です。彼は世界じゅうで最も高く評価されているヴァイオリンを作りました。イタリアの、パルマの近くの町です。このヴァイオリンは真の傑作です」

「何がそんなにすばらしいのですか?」

「すべての点です! 共鳴板、駒、棹、カエデ材の裏板、黒檀の上駒、ツゲ材でできた糸巻、この楽器はすべてが見事なのです。振動の質にもとづいて慎重に選ばれた木材のこの錬金術から、ストラディヴァリウスは自分のすべての技術を引き出したのです。わずかの変更で、もはや同じ音は出なくなります。このイタリアの弦楽器職人は、木については非常に厳しかったのです。木は、繊維が十分に成熟するためには、かなり古くなければならず、また風に当たらないところで成長しなければならなかった。風は木を変質させるからです。また、木を切るのは、樹液の循環がとまる冬に限られました。優れた仕事に対する愛があったい時代です……今日では、すべてがやっつけ仕事です、せいぜい、弦楽器職人の細工する木がどこの産であるかわかるくらいが関の山です」

「それで、ある木材がヴァイオリンを作るのに適しているかどうかは、どうしてわかるのです?」

「そこに、弦楽器職人の技術のすべてがあります……いい職人は木槌を用います。何百という木の板を響かせて、そのなかから、音質に応じて残しておくのはほんの数点にすぎないのです。優れた耳の持ち主でなければなりません。一朝一夕で得られる技術ではないのです。情熱をもって取り組まねばなりません。弦一本取り付けるだけで、何ヵ月もかかります」

「それで、ジュリーのヴァイオリンはそのすべての面で?」

「ジュリーのヴァイオリンはある特徴を持っています。共鳴板が二種類の板で作られているのです。一つはカエデ、もう一つはアカトドマツです。これは非常に珍しい。これは、ストラディヴァリウスの秘密の一つで、こうして、一個の部品を作るのに二種類の木を組み合わせています。今日では、どんな弦楽器職人もこんな危険なことはやりません。この知識は、たぶん、永遠に失われたのです」

「すべては木にかかっているのですか?」

「いいえ。同じようなものとして樹脂があります……。どの弦楽器職人も、ヴァイオリンのニスにする、自分の樹脂の成分を秘密にしています。ジュリーのヴァイオリンは、ところどころ、麦わら色の色調になっています。こういう外観になるのは、熱したテレビン油のためです。その他の部分は、もっと赤い暖色で、これは純粋蜜蠟と鉛の酸化物でできています。正しいニスの技術を習得するのに、一生はかかります。夕日に照らしてみると、輝きや光沢がいちばんよくわかります……」

メルシエは熱中していた。校長の話は尽きなかった。彼はヴァイオリン製作の技術を細部にわたって語った。丸みと鉋《かんな》の技術、琥珀色の秘密。そして、技術を疎んじる世紀に生きていることを嘆いた。

「もし、パガニーニにストラディヴァリウスを弾くチャンスがなかったら、彼の優れた技巧がどんなものだったか、誰も知らないままだったでしょう……」

メルシエは、ところどころ質問をはさみ、本来の訪問の主旨、すなわちジュリーに話題がもどるのを期待しながら、耳を傾けて聞いていた。

「そのヴァイオリンの《処女》という名前は、どこからきたのですか?」

「こういうヴァイオリンは何世紀をも経てきています。定期的に修理する必要がありますが、これは、今日では危険な企てです。へたな弦楽器職人なら、ストラディヴァリウスを台無しにするかもしれません。しかし、ジャン＝バチスト・ヴュイヨーム、この名高い弦楽器職人でストラディヴァリウスの偉大な修復者が、一八五〇年ごろ、このヴァイオリンを修理しました。作られてから一世紀以上たっていました。彼が驚いたのは、この名器が一度も修復を受けていない、処女のままだったことがわかったからです。これは稀有なことです。そこから、《処女》という名前がこの修復者によってつけられ、残っているのです」

「そのヴァイオリンがストラディヴァリウスであるのは、確かなのですか?」

「ええ。まったく疑いをはさむ余地はありません。すべての専門家が保証してくれるでしょう。無数にある楽器から一つを特定することができるのです。しかし、この場合、はっきり識別できるのは、音によってです。やさしく、力強く、純粋そのもののような透明感。わたしたちは音楽博物館に、ストラディヴァリウスを三器所有しています。そして、わたしはあのヴァイオリンを学校のために手に入れたかったのです。だが、わたしたちの予算では無理でした。最も高価なヴァイオリンは《メシア》と呼ばれています。ストラディヴァリウス師がとくに好んだもので、彼は終生これを手放しませんでした」

「こういう楽器の値段は何によって保証されるのです？」

「十八世紀には、ストラディヴァリウスは四ルイ金貨で売られていました。ジュリーのヴァイオリンは、わたしは昨日のことのように覚えていますが、一年ちょっと前に、ドゥルオのオークションに出品されました。多数の博物館、数人の名演奏家、金持ちの収集家たちが会場にやってきて、購入を希望しました。しかし、けっきょく、それを手に入れたのは、とても裕福な一個人、ある画家でした」

「画家ですって？」

「ええ、でもわたしは、その人の名前は知りません。わたしの専門領域は音楽です。絵画はまったく違う世界です。《処女》は百万ユーロで売買されました、経費は別です。もちろんもっとずっと高価なヴァイオリンもあります。古い時代の楽器はとても人気が高いのです。単に、年輪を重ねるとともに価値が出てくる宝物を買うというだけではありません。世紀を経た伝統、失われたノウハウ、たくさんの秘密を買うことになるのです。そのヴァイオリンが持つ華やかな生涯、その生涯を通じて、ヨーロッパのすべての王宮で、いったい何人の王子や国王や公爵夫人がその音を聞きながら踊ったか、想像してごらんなさい……。要するに、警視さん、このようなヴァイオリンとともに、あなたは音楽の歴史に入ることになるのです。したがって、数週間後にジュリーがあの《処女》を持って学校に現われたとき、わたしたちがどんなに驚いたか、想像してください。彼女は、ある仕事の報酬としてもらったのだとはっきり言っていました」

「仕事？」

「そのことについては、わたしはそれ以上は知りません。ジュリーは口が堅いのです。わたしたちには何も話しません。しかし、その日以来、すべてがうまくいかなくなりました。生徒たちは妬《ねた》みました。教授たちも同じでした……。ジュリーがコンサートで演奏するや否や、彼女のヴァイオリンの音色が他の人たちの音色よりあまりにも優れていたので、オーケストラの指揮者たちは頭をかかえました。たちまち、ジュリーはすべてのソロ部門を受け継ぎました。嫉妬は頂点にまで達しました。わたしのもとに苦情が殺到しました。校長室はクレームと泣き言の受付窓口となりました。あのヴァイオリンはたぶん盗んだものだ、という中傷がひろがりました。ジュリーは貧乏な暮らしをしていたからです……。けっきょく、みんなの非難が彼女に集中しました。わたしは彼女を追放せざるを得なかったのです。それに、彼女のほうも納得してくれました。彼女は泣きましたが、固執はしませんでした。それ以来、もう彼女を見かけていません。ある教会で演奏しているようです。おわかりですか、ストラディヴァリウスがミサや葬式の伴奏音楽に使われているのですよ！　名器も台無しです！」

メルシエはあっけにとられていた。ジュリーがあのストラディヴァリウスで演奏していた、あの稀有な名器、大演奏家たちの憧れの楽器で……。誰からもらったのか、そして、何と引き換えに？　もしピニョルが、あの楽器がそんなに高価だと知ったら、ジュリーを警察監置にするのを急ぐだろう、そして今度こそは、メルシエの意見がどうであろうと、本部長の支持を得られるだろう……。

彼はオルフェーヴル河岸に帰った。朝の動揺はおさまっていなかった。デデの消息はつかめなかった。しかし、捜査員たちは、やくざ社会は大喜びしているに違いないと断言していた。主だった情報提供者たちは登録したところにいなかった。ソフィテルではすべてが平穏だった。ジゼールは部屋から一歩も出ていなかった。夜には、以前デデが出入りしていたいくつかの酒場に対して、警察の手入れが何度も行なわれる予定だった。この脱獄事件では、警察はさまざまの命令のもと、驚くほど能率的になろうとしていた。

メルシエは本部長と行きあわせた。

「それで、メルシエ、何か新事実は？　今日の午後はあまり見かけなかったが、きみにはちょっと動きまわってもらわねばならんのだ」

「やりますよ、やりますよ……」

本部長は両腕を高く上げながら歩きつづけた。関節のはずれた操り人形のようなグロテスクな動きだった。それが何も表わしていないにもかかわらず、同僚たちの面前でそんなふうに扱われるのは屈辱の思いだった。

自分のせまいオフィスの静けさのなかにもどって、警視はあのヴァイオリンについての資料を集めた。ドゥルオのオークション事務所は取引の記録を見つけてくれ、競売吏が買い手の名前をメルシエに伝えた。ある画家だった。住所を聞いて、警視は跳び上がった。パリ、アンジュー河岸。ということは、円環の輪が閉じられたということで、振り出しのサン＝ルイ島にもどったのだ。メルシエは二段とびに階段を駆け降りた。犯罪記録簿で、くだんの画家が九カ月前に殺されていたことを知った。捜査は、行きずりの物取りの犯行と結論していた。というのは、宝石とともに多額の現金が消えていたからである。本当に今日は、各階がパニックにおそわれる日だ！　ピニョルはこの新事実にとびつくだろう。そして、ジュリーにヴァイオリンについての説明をきびしく要求するだろう。メルシエはもう彼女の警察監置を阻止することはできないだろう。若い娘はこの殺人事件について何を知っているか？　彼女にアリバイはあるのか？　彼はこの事件を担当した同僚に会いにいくことにした。

「サン＝ルイ島でおきたあの画家殺しの件で、話を聞かせてくれないか？」

「事件は解決されていない。われわれは窃盗犯による殺しと結論した。というのは、現金と宝石が盗まれていたからなんだ。逸品揃いのすばらしい宝石類だ。被害者は大金持ちでね。なかでも、指輪に仕立てたきわめて純度の高いエメラルドがあって、絵描きは、保険をかけるためにそれを何枚も写真にとっていた。もし盗んだやつがそれをマーケットに出せば、たちまち足がつく。大きな宝石商には通知がまわっている。わたしは待っているんだ。しかし、そいつが知恵のまわるやつなら、石はすべてカットしなおすだろう……その場合は、この捜査は打ち切りにせざるをえないだろうな」

「その絵描きだが、ジュリーとかいう女を知っていたかな、サン＝ルイ島に住んでいる？」

「ああ、彼のお気に入りのモデルだ」

「ジュリーが？」

「そう、ジュリーだ。わたしは何回か彼女を尋問した。彼は彼女にヴァイオリンを買ってやってさえいた。画家の家でポーズをとる何回分かの報酬としてだ」

「画家が彼女にヴァイオリンを買ってやった？」

「ああ。高価な楽器だよ。正式の公正証書がある。なにしろストラディヴァリウスだ、ひと財産する。税金もふくめ、すべての点で規則どおりに処理されていた。それはそうと、けっきょく、あんたが、サン＝ルイ島の司祭殺しを担当しているのか？」

「ああ」

「それで、この二つの事件に何か関連がないかと、あんたは疑っているんだな？」

「それを裏付けるものは何もないが」

「今、あのジュリーに近づくのはまずい」

「たぶん、偶然の一致だと思うが」

「まあしかし、いっぱしの刑事として、あんたもやっぱり調べるだろうな」

「そういうことだ」

協力的な同僚はロッカーからファイルを取り出した。

「書類はわたしの部屋にある。自由に見ていいよ」

メルシエは、先ほどから喉まで出かかっていた質問を彼にぶつけた。

「ありがたい……ジュリーは画家殺しにはアリバイはあるのか？」

「ああ、完璧なアリバイがね。犯行の時刻、彼女は司祭といっしょにいた」

「犯行の時刻に、彼女は司祭と二人きりで教会にいたのか?」

「そうだ、彼女は明日の結婚式のために練習をしていた。犯行は真っ昼間、午後の始めに行なわれた。教会はまだ開いていなかった。わたしは司祭にもたずねたが、彼はジュリーのアリバイをはっきりと認めた」

「それで、彼女の印象はどうだった」

「かわいい顔をした少女だ、少しも気取ったところがない。しかし、この殺人事件にはおびえていた。ほんとうに悲しんでいる様子だった」

「画家の愛人だったのか?」

「その点はわからない。あの世界では、絵描きは多かれ少なかれ自分のモデルに手を出すのが普通だ。インスピレーションのためには、それが不可欠なんだそうな。肉体的接触、と彼らは言っている。だから、しょっちゅう……それに、娘はとびきりの別嬪《べつぴん》だ。もちろん、男は彼女よりかなり年上だ、しかし、あんなすばらしい贈り物をもらえば……」

「その絵描きは、よく知られているのか?」

「かなり、な。ジュネーヴとニューヨークで評価を得ている。あっちで、定期的に作品を出展していた。死ぬ前の数カ月間で、相当数の油絵を描いた。画廊はサン＝ルイ＝アンニリール通りにあり、よく彼の作品を展示している。その画廊が、相続財産の一環として作品を売らなければならないのだ。画家は独り者で子供はいなかった。しかし、思いがけない幸運にあずかろうとしている甥が大勢いる。彼の遺産は莫大なものだ。彼自身は大金持ちの両親から相続したのだが、画業でもかなりの財産をきずいたんだ」

「彼の作品を見たかい?」

「ああ、かなりいいものだ。印象主義の混じった具象画でね。ちょっと独特のスタイルがあった」

「ジュリーだとわかるのかね?」

「ああ。最晩年は、彼女が唯一のモデルだった。それに、彼女を描いた油絵作品は、芸術的価値がもっとも高い。彼女がヴァイオリンをかかえている姿を描いていた。画廊経営者たちが世界じゅうからやって来ていたよ」

「そういう絵について、あんたはどう思っているんだ?」

「このジャンルの愛好者にならないとな」

「どういうことだい?」

「裸体画なんだよ」

9 本部長、罠をしかける

疲れきったメルシエが、妻の用意したうまい夕食を家で食べるつもりで帰り支度をはじめたとき、本部長から声がかかった。

「来てくれ、メルシエ。きみとゆっくり話をしなけりゃならん。帰る前に、近くで一杯やっていこう。ひどい一日だったから、それぐらいは許されていいだろう」

しばらくして、二人の警察官は、シテ島にある小さなビストロのテラスで、パラソルの陰のテーブルに着いていた。メルシエは警戒していた。彼はビールを注文した。本部長がこういう親密な態度を示すのは、めったにないことだ。たぶん、彼に対して何か頼みごとがあるのだろう。その日一日じゅう、本部長は彼を避けていた、それが今になって、話があるという……たぶん、内密で伝えたい、本省からの指令か情報でもあるのだろう。だが、ひょっとして、何か企んでいるのかもしれない。十五分近くのあいだ、本部長は、警察官の仕事の浮き沈みの激しさについて、階級制度の厳しい現実について、センセーショナルなものを貪欲に求めるある新聞の破廉恥な行動について、ひとしきり、漠然とした感想を述べたてた。こんなくだらぬおしゃべりをする習慣は、しかし彼にはない。いろいろ欠点はあっても、頭の切れる、聡明な刑事である。明らかに、何らかの下心がある……そして、時間かせぎをしていた。彼が問題の核心に入ったのは、やっと二杯目のビールになってからだった。

「どうだ、メルシエ、デデがサンテから飛び出した方法について、何かきみなりの考えがあるのだろう?」

「はあ、しかし、確信はありません……《飛び出した》という言い方は、かなり的を射ているような気がします」

「デデは刑務所長に、脱獄すると確かに言っていたんだな?」

「ええ。しかも、そのことをジゼールに書き送っています」

メルシエはジゼールから渡されたしわくちゃの紙片を取り出した。本部長はそれを手に取り、注意ぶかく読んだ。

「きみはこのことをわたしに隠していたな!」

「今日はほとんどお会いする機会がなかったので」

「この資料が新聞記者の手にでも渡ったら、どんなスキャンダルになるか」

「この紙切れは、確かに、大変な価値がある……」

「まあ、今となっては、笑い物だな!」本部長は紙片を細かくちぎりながら、言い返した。「デデは言ったことは実行する、と信じていいのだ!」

「その点が彼の魅力なのですよ」メルシエはからかうように言った。「覚えていますか、裁判のとき、彼がガルシア・ロルカの詩を引用したのを……」

「すると、ギヨームが助けてくれると彼が言ったときは、それを信じていいのだ」

メルシエは驚いた。本部長はギョームの役割を理解していた。さすが玄人として見破っていたのだ。ごまかしても無駄だった。

「そのギョームの唯一の才能が弩《おおゆみ》なのです。わたしの考えでは、彼は刑務所のそばにある木からデデに向けてロープを放ったのでしょう。曲芸が演じられたのです」

「本当にそう思うのか?」

「ええ、わたしは確信しています」警視は答えた。「デデが脱出した窓の正面にあるマロニエの木を細かく調べさせてください。痕跡が見つかりますよ」

「いい考えだ、メルシエ。これで、脱獄の謎は消えたな」

「このギョームのことは誰にも話さないでほしいのです。わたしは彼の電話を盗聴させています。わたしのチームは全員彼につきまとっています。彼の家族、仲間、出入りする場所、すべてを監視しています。ギョームの所在をつきとめれば、デデを逮捕することができると、わたしは考えています」

「すばらしい考えだ。わたしはデデに専念しよう、きみはギョームを見張れ。作戦としてこれでいいだろう? 仕事を分担するのだ、いうなれば」

「ええ、それでよろしければ」

「さてと、実はきみに悪い知らせがある。きみと二人だけで話したかったのはそのためだ」

「どういうことです?」

「ピニョルが、サン＝ルイ島の司祭の事件で新事実をつかんだ」

「そんなことだろうと思っていました」

本部長はまたまた驚かされた。メルシエが、デデの脱獄方法を暴いてみせ、脱獄犯を逮捕する巧妙な作戦を提案しただけではなく、司祭殺しについて、ピニョル以上に何かを知っているらしいのだ。この部下は一日じゅう夢想にふけって過ごしていたのだと彼は思っていたが、実際は、同僚たちよりずっと先を行っていたのだ。一方メルシエのほうは、本部長を信用していなかった。彼はコーヒーを注文し、ひょっとしたら対決場面になるかもしれないので、わざとくつろいだ調子になった。

「それはたぶん画家殺しについてでしょう、数カ月前にサン＝ルイ島で起きた」

「きみは知っているのか？」

「ええ」

「それじゃ、ジュリーがその画家のお気に入りのモデルだったことも、きみはたぶん知っているだろう」

「ええ」

「それから、この事件でのジュリーのアリバイを証明したのは、ポワトゥヴァン司祭だけだったということも」

「彼はもはやこの世にいないのだから、反対はできない……」

「ああ！　冗談はやめてくれ、とくに今日は。こんな面倒はもううんざりなんだから！　本省でわたしがどんなに叱責をくらったか、きみには想像もつかないだろう。彼らはすぐにもサンテ刑務所長を首にするよ。そして、次にリストに載っているのは、このわたしだ」

「われわれがデデを逮捕して、あなたが大いに面目をほどこすかもしれないですよ」メルシエは皮肉めかして答えた。

「三日間でやつを監獄にもどすのだ。それ以上は一日も駄目だ。これが正真正銘の最後通牒だ！」

本部長は汗だくになっていたが、上着を脱ごうともしなかった。

「司祭の事件に話をもどそう。そのジュリーの親しい人たちが二人も殺されたのだ、これはただごとじゃない。司祭は彼女のアリバイを証明したことで彼女を脅迫していた可能性がある、とピニョルは主張している。もしそうなら、浴室の話は説明がつく。すべて、つじつまが合う。彼女はたぶん盗みに入って絵描きを殺してしまった。けっきょく、司祭殺しの件でも、彼女にはやはりアリバイはない。ところで、彼女は司祭を最後に見た人物だ。彼女が教会に来たのは十時ごろにすぎない。犯行は九時から十一時のあいだに起きている、そうだったな。この事件はどうしても解明しなけりゃならん、その一番の近道は、ジュリーを警察監置にすることだ」

本部長はジュリーに過剰な重荷を負わせていた。どこに結論を持っていきたいのか？

「しかし、ピニョルはジュリーの部屋を徹底的に捜索しました、そして、ヴァイオリン以外は何も見つけていません。彼女は泥棒をするような人じゃない。宝石類は持っていないし、前科も一切ない。画家は彼女の後援者だった、彼女に高価な楽器を提供した、彼女のほうは彼のモデルをつとめた……。この男は彼女の生活手段だった……。動機はない。こう言っては申しわけないが、あなたの推論は何の価値もありません」

「たぶん、きみの言うほうが正しいだろう、しかし、これはピニョルの論理だ。それに、彼女は尋問のとき、その画家のことは言わなかった。これは少なくとも、不作為による嘘だ」

「嘘で人は殺せません！」

「だが、嘘が嘘を呼ぶのはよくあることだ」

「ピニョルはジュリーをひどく怖がらせたに違いありません……それに、マルゴワール婆さんもやはり画家のことはしゃべっていない。しかし、彼女は知っていたはずです。サン＝ルイ島で起こった殺人事件ですよ、こんな事件が毎日起こっているわけじゃないですから」

「婆さんはジュリーをかばっている、それははっきりしている。ピニョルの言うとおりだ」

「もちろん、ピニョルはつねに正しいですよ。彼も、彼の部下も、彼の新しい学派の方法も！」

「だがな、メルシエ、わたしがそのジュリーを警察監置にしたとして、それがきみにとってどうだというのだ？　ついい最近まで、きみは彼女の存在すら知らなかった」

「ごく単純です。わたしは彼女を犯人だと信じていない」

「確信があるのか？」

「いいえ」

「それじゃ、ちがう仮説があるのか、べつの犯人を提示するのか？」

「いいえ」

「よし、それなら、彼女を、きみのかわいいヴァイオリニストを、明日、警察監置にすることを申し渡す！」

「いいでしょう。上司はあなたですから。しかし、この事件について、もうわたしに何も期待しないでください。あなたは捜査の指揮をピニョルに任せればいいのです……」

「ピニョルが捜査の指揮をとれないことは、きみもよく知っているはずだ。きみは今夜は感情的になっている」

「誰だってそうなります……昨夜、わたしは朝の三時まで仕事をしました。六時に起こされました。逃走中の脱獄犯から殺すと脅迫されている情報提供者をホテルに匿っています。それでも、感情的になってはいけないとおっしゃるのですか？　ご存じのとおり、わたしにとって、このデデの一件は、笑いごとじゃないのです」

「ジゼールのために？」


「そうです」

「デデの脱獄については、わたしはきみにちゃんと警告しておいた」本部長は答えた。「それで、まさにそのジゼールのことだが、わたしには一つの考えがある。罠をしかけるのはどうだろう。彼女を厳重な監視のもとに外出させる、彼女はわれわれの張った網にデデをおびき寄せる、こうして、誰にも見られず、誰にも知られることなく、わたしが逃亡犯を首尾よく逮捕する、そしてきみは、難なく自分の情報提供者を救い出す。これなら気に入るだろう？」

「いいえ。ジゼールにはリスクが大きすぎます」

「これは仕事上のリスクだ！」

「彼女は娼婦です、警察官ではありません」

「彼女はきみの情報提供者だ、同じことじゃないか！」

「いいえ。問題外です。危険すぎます。あなたは見事に失敗するだけです……あなたもやはり、デデが抵抗もせずにつかまるなどと思っていないでしょう？」

メルシエはひどく腹を立てていた。本部長の罠に気づくのが少しおそかった。ジゼールを逃亡犯を引き寄せる餌に使うというのだ、デデはたぶん武器を持っているだろうし、もはや相手には失うものは何もないのだ。しかし、本部長の決定に自分がいつまでも反対しつづけるわけにいかないことは、彼にもわかっていた。それでも、《スガンさんの山羊》のように、彼はできるかぎり抵抗した……。

「血が流れることになりますよ」

「いや、専門チームが当たるように要請した。この分野のスペシャリストたちだ」

というわけで本部長は、彼に相談することなく、作戦がすでにできあがっていることを打ち明けた。だから、今日は一日じゅう彼を避けていたのだ……。腹のなかは煮えくり返っていたが、彼は平静をよそおった。

「できれば、わたし自身が部下といっしょにこの作戦を引き受けたかった」

「きみも少しは理性的になってきたな。しかし、それは問題にもならん。この作戦は上層部で決定されたのだ。五十人以上の人員と、約十五台の車両が現場に繰りだすことになる。ヘリコプターも一機用意した。わたしは命令を受けたのだ、メルシエ、われわれはあらゆる手段を用いる、デデは尻《けつ》に火がつく、わたしがそう言うんだから、間違いない。明日の午後を予定している。この脱獄が政治問題にならないうちに、マスコミを静めなければならないのだ」

「わたしの知らないうちにすべてを決定したのなら、なぜ今になってわたしの意見を聞くのです？　ビール二杯とコーヒー、これは慰めのつもりですか？」

「わたしはきみが必要なんだ、メルシエ」

「それで」

本部長は、罠にかかったメルシエをじっと見つめていた。

「ジゼールは、きみからの提案でなければ、取引には応じないだろう。きみは、これが自分の発案だと言ってくれるだけでいい。彼女はきみに好意を持っている、メルシエ、きみがそれに気づいているかどうか、わたしにはわからんが。とにかく、彼女は明日ホテルを出て、パリで姿を現わすことになっているのだ」

「もし護衛の人間が彼女に接近しすぎると、すぐばれる、デデは姿を現わさないでしょう。《スペシャリストたち》は概して、やたら目立ちやすい連中だから……」

「その点はまったく抜かりがない。彼女には小型のGPS装置を持たせるつもりだ。誤差は数メートルの範囲、人工衛星で調整される。目立つほどそばにいる必要もなく、彼女の現在地を知ることが可能だ。われわれはあらゆる事態を想定した」

「遭難者用のラジオビーコン装置ですね？」

「そうだ。コンピューターによる自動車用のナビゲーターにも使用されている。準備は万全だ。彼女はケースをハンドバッグに入れればいい。彼女のやるべきことはそれだけだ」

「それで、彼女はどこへ行かねばならないのです？」

「お定まりのコースを歩くだけでいい。グラン・ブールヴァール、エトワール広場、フォシュ通り、マドレーヌ界隈、どこでもいい。ただし、彼女の街角の仲間たちに姿を見られる必要がある。電話をかける女が一人や二人いるだろう。そして、すぐにデデに知らせがとどく。うまくいけば、やつはやって来る。そして、われわれがやつを捕まえる。ジゼールが自由に歩いているのを知って、彼は狂喜する、つまり、注意が散漫になる。やつはわれわれから逃れることはできない」

「狂喜する、そして注意が散漫になる、そんなことには確信が持てませんね。だが、危険なことは確かです」

「二人に対しては慎重に振る舞うつもりだ」

「もしそうなるとしても、罠にはまったと知ったら、やつは手を上げる前にジゼールを殺しますよ。やつは今まで刑務所にいた、これからも刑務所暮らしになる、失うものは何もありません。しかし、ジゼールを始末したという満足感が得られ、パリじゅうの泥棒仲間の喝采を博することになります。あなたの作戦は危険すぎます、わたしは同意しませんね」

「最悪の場合でも、パリから娼婦が一人いなくなるだけだ。数という点では、大して変化はないだろう」

本部長はこの最後の言葉をひどく冷淡な口調で言い放った。この非情な言葉に、メルシエはぎょっとなった。彼は歯を食いしばった。

「わたしがこの計画をジゼールに呑ませることをお望みなんですね？」

「その通り」

「わたしが断わったら？」

「問答無用だ、メルシエ。言うとおりにするのだ。この件はこれで終わり。本省はいらいらして待っている。刑務行政当局はできるだけ早くデデを逮捕したいのだ。刑務所内に動揺が走っている。すみやかに秩序を回復しなければならない。この逃亡に決着をつけるのが優先事項だ。すべては想定ずみだ。きみがジゼールにちょっと電話をすればいいのだ。わたしがきみに頼むのは、それですべてだ」

メルシエは選択の余地がないことを理解した。本部長は止めを刺した。

「作戦は実行されるだろう。しかし、もしきみの協力が得られないなら、ジゼールの居場所をやつに知らせることになるだろう。これはただ単に、彼女にとって、はるかに危険なことになるだけだ」

本部長の言葉に嘘がないこと、彼が何の感情もまじえず計画を実行に移すことは、メルシエにはわかっていた。

「それで、ジゼールに電話をしたあと、わたしは、この件では何をするのですか？」

「何もない、特には。わたしが担当するのだ。しかし、ジゼールには逆のことを言ってくれ。すべての責任を負っているのはきみだ、と彼女に思わせるのだ。きみは、ピニョルとともに、ジュリーの警察監置を担当してくれ」

本部長のやり方は限度を越えていた。メルシエは態度を硬化させた。

「いいですか、本部長殿、もしあなたが、これ以上少しでもわたしを困らせるのなら、今ポケットに持っている携帯電話でジゼールを呼び、あなたの卑劣な罠のことを知らせます。あっという間に、彼女はソフィテル・サン＝ジャックから逃げ出しているでしょう。あなたの優秀な《スペシャリストたち》を断わって、本省にそのむね説明していただいてけっこうです。わたしの解雇も併せて」

もはや冗談で言っているのでないことをはっきり示すため、メルシエは電話を取り出して、わざと本部長のグラスの前においた。

「メルシエ、きみはそんなことはしないさ！」

「わたしは遠慮しませんよ！」

「きみはどうしたいのだ？」

本部長は大粒の汗をかいていた。メルシエは態勢を立て直した。しかし、彼が手を出せる余地はほとんど残っていなかった。

「まず最初は、デデの事件とサン＝ルイ島の事件を混同しないこと、そして、ジュリーを警察監置にするのを、デデの逮捕時点まで延期することです。あなたのご要望どおり、わたしはジゼールに電話をします、しかし、作戦にはぜひともわたしも参加させてもらいます」

本部長はあっけにとられていた。メルシエはまったく抜け目のない男だ。階級の関係を無視して、絶望的な状況を逆転させた。

「それじゃきみ、きみに何か考えがあるのなら……わたしには理解できないな、一娼婦と娼婦の娘をどうしても守りたいというきみの頑固な気持ちが。ちょっと手に負えないな。よろしい、メルシエ、とにかく寛容になろう。きみのジュリーについては、同意する。デデの逮捕まで待つ、だが、それ以上は一分も駄目だぞ。きみが作戦に参加する件は了解する、ただし、遠くからだ、オルフェーヴル河岸を離れないことが条件だ。わたしはきみに現場に来てほしくない。いいかな？」

「わかりました」

危ないところだったが、メルシエは被害を最小限にくいとめたのだ。

「意見が一致したところで、さっそくジゼールに電話をしようじゃないか」

メルシエは携帯電話を取り出し、若い女の部屋の番号をプッシュした。相手はすぐに出た。

「うまくいっているかい?」

「ええ、でも、退屈になってきて」

「ちょうどよかった。ちょっと外に出てみてはどうかな」

「どうしてまた」

「それなんだが、もし何か手を打たなければ、きみはホテルにいつまでも閉じこめられることになる」

「ええ、でも、もし外に出れば、撃たれるわ。居心地のいい状況なんて長続きしませんね。そろそろあなたがデデを見つけだしていい頃よ、じゃないと、わたしはクリスマスにもまだここにいることになりますわ」

「そのとおりだな。わたしが電話したのはそのためだ。だが、きみに協力してもらわなくてはならない」

「おっしゃることは、何でもやります」

「明日の朝、小さな器械をきみのところにとどける、携帯電話ぐらいの大きさだ。きみはそれをハンドバッグに入れる」

「それで?」

「午後になったらすぐ、パリのなかをぶらつく」

「仕事するみたいに?」

「まさしくその通り。きみが戻ってきたことがわかるように、仲間たちに顔を見せるのだ」

「でも、やくざの連中に知らせに行く女《こ》がきっといるわ。そして、すぐにデデの耳に入る」

「まさにそれこそわたしの望むところなんだ」

「で、どのようにしてわたしを守ってくれるの? あなたがたの仕事で、わたしが文字通り生きた標的になるってことね!」

「われわれはきみのそばをついて歩く。デデが現われたらすぐに捕まえるか、射殺する、どちらかだ」

「彼は人ごみに向かって発砲するかもしれないのに、あなたがたは平気なのね。ご存じでしょうけど、デデにはもはや失うものは大してないのよ」

「心配しなくていい。チーム全員が動員される。観光客よりデカのほうが多くなるだろう。あらゆる事態を想定している」

「でも、全体の指揮をとるのはあなたでしょう?」

メルシエは嘘をついた。そうするよりしようがなかったのだ。

「ああ」

「そういう条件でなら、お任せします。あなたの言うとおりにします。でも、あなたはこの計画に自信があるのでしょうね……」

「明日の朝、くわしく説明するよ」

「やっと自由をとりもどしたんだから、少しぐらいは楽しみたいわね」

「明日、十二時ごろ、例の器具を持ってホテルに寄るよ」

本部長はほっとため息をつき、ハンカチで額の汗を拭いた。しかし、一秒後には、思いなおした。

「きみが自分で器具をとどけるとまで彼女にいう必要があったのか? そんなことは合意していないぞ」

「そうですか、でもそれは合意のうちです。いずれにしろ、ジゼールはわたししか信用していないので、他の人間が来てもドアを開けないでしょう」

「いいか、メルシエ。そのあと、きみは立ち去るのだ。確かに合意したぞ」

「ええ」

「信じていいな?」

「ええ」

「よし、これから、わたしはピニョルに会わねばならない」

「何のために?」

「ジュリーを警察監置にする件で、判事に電話をする許可をすでに彼に与えたのだ……。急な変更を彼にどう説明すればいいか?」

「それはあなたの問題です。だが、わたしがジゼールに電話をして、事実を知らせるほうがよければ、そうおっしゃってください。まだ変更できますよ」

「いや、わたしがピニョルに話しに行く。しかし、風見鶏みたいなやつだと、彼に思われたくないのだ」

「それなら、わたしの知ったことじゃない。風見鶏、あなたにぴったりですよ」

10 罠はしかけられた

メルシエはオフィスにもどる気がしなかった。まっすぐ家に帰った。夕日がセーヌ川に赤みがかった光を反射していた。遅い時間にもかかわらず、数人の記者たちが、あわよくば情報を得られないかと、警視庁の玄関前に待機しているだろう。本部長が、明日の作戦を綿密に準備するために、夜の大半をつぶして仕事をすることを、彼は知っていた。投入人員、車両の配置場所、区画割り、命令伝達の無線中継所、共同作戦のための司令所の選択、すべてが重要であり、軍隊の出動のように、詳細にわたって計画し、分刻みで時間を見計らい、繰り返し復習しなければならないのだ。この作戦を成功に導くためには、今夜も必要になってくるだろう。メルシエは、本部長が自分に手助けを頼まなかったことで、気を悪くしていた。
苦い思いを噛みしめていた。とにかく、数年前にデデを逮捕したのは彼なのだ。彼が、サンテ刑務所の所長に会って、脱獄の恐れがあるので用心するように促したのだ。さらにまた彼が、ギョームの役割を把握していたのだ。そしてまた、命をねらわれているのは、彼の情報提供者なのだ。それなのに、すべての作戦が彼抜きで行なわれようとしていた。これはすべて、警察および刑務行政の自尊心を満足させるためなのだ。両当局は恥をかかされ、新聞から揶揄されて、今は、他に危害が及びかねない懸念もかえりみず、問題を解決しようと躍起になっているのだ。しかしながら、彼は、本部長のアイデアは確かに危険だが、勇気ある試みであると認めていた。ジゼールがパリの街なかに姿を現わすやいなや、携帯電話が鳴りはじめ、やくざ連中に知らせがいくのは、目に見えていた。デデが、通報を受けるとただちに行動に出ようとするのは、まず間違いない。彼が脱獄したのはそのためであり、彼の逮捕のために駆使される手段を考えれば、逃亡の日々はそう長くはつづかない。彼はジゼールを殺す前に、彼女に会って話をしようとするだろうか？　共犯者の助けをかりて、彼女を拉致しようとするだろうか？　メルシエはこれらの質問に対する答えを持ち合わせていないが、あの脅迫については真剣に考えざるを得なかった。ひょっとしたら、デデがいきなり、警告もせずに、撃ってくることだって考えられる。車の開いた窓ごしに、あるいは自動二輪の後部座席から発砲すれば、渋滞の時間帯なら逃走は容易になるだろう。ギョームが自動二輪の運転免許を持っているのか、確かめてみる必要があった。

家では妻が待っていた。食卓はととのえられていて、二人はまっすぐ夕食のテーブルに向かった。

「ニュースを聞いたわ。マスコミは大騒ぎしてるのね。テレビのニュース番組の半分は、この怪盗もどきの脱獄事件にあてているわ。そのデデというのは、何年か前に、あなたが逮捕したのね？」

「そうだ。それに、この事件のために帰るのが遅くなった」

「すぐに見つかりそう？」

「そう思っている。早ければ早いほどいい。脱獄に共犯者がいるかもしれないと、どこかで言っていなかったか？」

「いいえ」

会話はここでとまった。メルシエ夫人は、けっしてある限度以上は夫に質問をしなかった。こうして彼女は、夫がかかえる問題を気にはしているが、職業上の秘密は尊重する姿勢を示していた。

「早く眠れるといいわね、疲れきった様子よ」

「ああ、今夜はじゃまが入らないだろう」

夫人が得意にしている、とびきりうまいリンゴのタルトを食べたあとで、メルシエは寝にいった。

木曜日の朝、オルフェーヴル河岸はまだ騒然としていた。同じ顔ぶれの記者たちが入口でたむろしていた、なかには徹夜したものもいた。警視は顔見知りの記者に挨拶した。

「何か新しいことは、警視？」

「すぐにはっきりしますよ」

「逃亡犯人の居所はつかめたのですか？」

「まだです」

デデ狩出しの準備はととのっていた。メルシエはおそくやって来ていた。ジゼールに会いに行くまで、何もしたくなかったのだ。この機会を利用して、彼は朝寝をし、妻といっしょに朝食を取った。夫人はこの気配りをうれしく思い、パン屋に焼きたてのバゲットを買いに行った。その間に夫は浴室で、はだしになって、ひげを剃り、それから、大好物の木いちごのジャムの瓶を開けておいた。バターをぬった大きなパンの一切れにジャムをべっとりつけて、湯気のたったカフェオレにひたして食べる、警視を幸せにするのに、これ以上は何も必要なかった。仲のいい老夫婦にしばしば見られる、ほんのささやかな幸せのひと時。パンといっしょに、メルシエ夫人は新聞を持ってきていた。どの紙面も警察に対して好意的でなく、皮肉な言葉づかいで脱獄事件をコメントしていた。事件を理解しているものは誰もいない。なぜなら、何も見ていないし、何も聞いていないからだ。目撃者は存在せず、独房には何の痕跡もなかったのだ。しかし、ギョームについては一言もなかった。メルシエは微笑んだ。厳しい一日になるだろうが、幸先は悪くない。彼は前兆を信じていた。そして、このすばらしい木いちごのジャムもその一つだった。

警視庁の廊下で、メルシエは本部長と行きあった。彼はかんかんに怒っていた。すべての指揮権を奪われてしまったのだ。決定は昨夜のうちに落ちてきた——ギロチンの刃が落ちるように。内務省の危機対策室に直属する突撃部隊が、すべてを受け持つことになったのだ。

「前代未聞だ！　しかも、わたしのアイデアだったたんだぞ！　作戦を追尾するのに、前線本部をわたしの部屋に設置する件は彼らも受け入れたが、当たり前のことだ」

メルシエはからかうような微笑を浮かべた。とんでもない話だったが、たんに状況が一変したというだけのことだ。本部長は彼を遠ざけた、そして、今度は、本部長が外された。まるで椅子取りゲームだ。しかしながら、メルシエは優しかった。

「あなたは、外されても何も言わなかったのですか？」

「一応は文句を言った、しかし、わたしにはどうにもできん。彼らはきみまでも抜きにしてやろうとした。彼らはジゼールに電話をして、器具の操作を説明するために隊員を一人ホテルに寄らせると伝えたのだが、彼女は耳をかそうともしなかった。彼女はきみに来てほしいと言った」

「やるじゃないか、あの子も……」

「忘れていたよ。コマンドの一人が、高性能のGPSをきみに見せようとして、一時間以上も前から待っているんだ。檻のなかの熊みたいにうろうろしていたよ。操作はきわめて簡単だ。スイッチを入れるだけでいい、あとは自動だ。あんまり待たせるとまずいぞ、あの連中、われわれを本気で馬鹿扱いしていないとしても、かなり不愉快なやつらだ」

メルシエは自分の部屋に上がった。果たして、男が一人待ち受けていて、単調な声でしゃべりだした。

「本省の司令部および配置した各車両のなかで、コンピューターの画面によって、あなたの情報提供者を数メートルの誤差で追尾することができます。その女性は、GPSのボタンを押して《オン》にするだけで、他に何もしなくていいのです。どんな場合でも、《オフ》のボタンは絶対に押さないよう、厳重に言ってください。さもないと、見失いますからね」

「彼女のためにはならないな」

「その通りです。彼女の安全はその点にかかっています。ご理解いただけましたか？」男は、馬鹿にしたように言った。

「ええ」

「けっこうです。ホテルに行って、器具を彼女にわたし、もどってきてください。現場ではあなたを見かけたくないですね。もし気になるのなら、作戦を追尾するため、そちらの本部長室にコンピューターの端末を設置しましたので。そうそう、時計を合わせてください。あなたの情報提供者は十四時ちょうどにホテルを出て、タクシーに乗り、シャンゼリゼの好きなバーに行き、そこから、エトワール広場に向かってゆっくりと歩いていくことになっています。警備するのはあの一画です」

「わかりました」

「彼女に防弾チョッキを着用させてください。作戦は危険なものになります」

そして、その言葉と同時に、彼は鞄からチョッキを取り出した。メルシエは重さを手ではかってみた。ゆうに二キロはあった。

「夏の午後に仕事をしているふりをする娼婦に、こんなおかしな服を着せるのですか、この服を？」

「わかってください。わたしは命令を実行しているだけです」

「わかりますよ。しかし、こんなものをつけていたら、まるで田舎からぽっと出てきた馬鹿娘みたいじゃないですか。このチョッキは誰が見てもわかります、誰でも罠だと勘づきますよ。そう簡単にデデは捕まらないでしょう。甘く見ないでください、相手は馬鹿じゃないのですから……それに、あれを彼女に着てもらいたいのなら、自分で勧めてみるのですね！」

「しかし、彼女はあなた以外には会おうとしない……。その問題でわれわれも困っているのです」

「そうは言っても、たかが娼婦じゃないですか、それも高級じゃない、あなたがたの言い方によれば……」

「いいでしょう。これは上司に任せましょう。要するに、安全のためです、あなたの情報提供者の。わたしはどうでもいい。この作戦で優先されるのは、あの女の子ではない、脱獄犯を生死にかかわらず捕まえることです」

メルシエは歯を食いしばった。相手の言うとおりだった。そして、その言葉が失敗を危惧する気持ちをかきたてた。厄介なことになっても、作戦から外された本部長を責めることすら彼にはできない。何か対策を講じなければならない、それも早急に。しかし、どのような対策か？

正午ごろ、ほとんど明るい気分で、口笛を吹きながら、彼はオルフェーヴル河岸を後にした。覆面パトカーに乗りこむと、尾行されていないか確かめるため、運転手に何度か回り道をするよう指示した。ソフィテルのロビーは人でごった返していたので、彼に気づいた人はいなかった。彼はまっすぐ上がって行き、ジゼールの部屋の扉をノックした。メルシエの声を確かめて、彼女はすぐ扉を開けた。まだネグリジェのままだった。顔いっぱいに笑いを浮かべて、彼の首に抱きついた。

「お目にかかれて、とってもうれしい！　この部屋にいると、まだ刑務所にいるような気分で……」

「それでも、居心地はずっといいだろう」

「ええ、でも、もっと孤独な気分になり、落ちこみます」

朝食の盆がテーブルにおいてあった。

「コーヒーを一緒にいかがですか、まだ温かいですよ。遅くまで寝ていたので、そのお盆はさっき届いたところです。睡眠薬を服《の》んじゃったんです、よく眠れなくて」

彼が火曜日に刑務所で会って以後、ジゼールはずいぶん変わっていた。美容師を部屋へ呼んで、髪を短くカットし、カールしてもらっていた。ばっちりお化粧をし、爪も手入れしている。

「この髪形は気に入りました?」

「ああ」

「お化粧は?」

「というと……」

「仕事に出るときのように支度をしておけと、あなたがおっしゃったので……それで、ちょっと無理をしたの! 気に入らないようですね……そのほうがよければ、落とします、一分もあればできます。わたしは何時に出発すればいいのですか?」

「十四時ちょうどだ。すべて、細かく決まっている」

「よかった、一時間以上、あなたと一緒にいられるわね。わたしは一人にされたくないのよ」

冗談めかしてしゃべっていたが、彼女が緊張しているのは、メルシエにはわかっていた。おびえているに違いない。

「執行が迫ってきた死刑囚みたいに、わたしにもたぶん、最後の意思をかなえてもらう権利はあるわね?」

「とにかく、言ってみなさい」

「男を抱かなくなってからもうずいぶんになるわ……あのこと以外、もう何の欲もわかないくらいよ……それで、もし、あなたにその気があるなら、わたしはいいのよ。時間もちょうどあるわ」

彼女は茶目っ気のある表情で、いたずらっぽく笑っていた。そして、かるく反り身になって、身体の煽情的なカーブを強調していた。

「男はもうこりごりだとは思わないのかね? それに、ふざけている場合じゃない……頭をすっきりさせておかないとだめだ」

「だからこそよ、わたしはあれをすると落ちつくのよ。それに、ほら、わたしはなんていうか……ちょっとナーバスになってるの」

ジゼールはがっかりした様子で肩をすくめた。びっくり箱から跳び出すような勢いでからだを起こし、浴室へ着替えに行った、扉はわざと開けたままにしていた。彼女は羞恥心こそあまり持ち合わせていないが、本当にしとやかだった。彼女はのろのろと着替えていた。親しげに見守るメルシエの前で、ストリップを逆の順で演じていた。ホテルの売店でごっそり買い物をしたに違いない。何もかもが新品だった。青の細かい花柄のシャツブラウスはくすんだ顔色を引き立て、プリーツのあるミニスカートは太股をあらわに見せていた。メルシエは、彼女が防弾チョッキを着用した姿を想像していた……。

「ストッキングをはこうかしら？」

「かなり暑いよ」

挑戦するように、彼女はストッキングをつけた。冗談めかして、彼は彼女にGPSの説明をした。

「よくわかったかい？」

「ええ。でも、これって、すべてがうまくゆけば、うまくいくわけね。それで、何か突発的なことが起こったときは？」

「ジゼール、よく聞くんだ。これからわたしの言うことは、きわめて重要だから。危険がさし迫ったときは、GPSを切るんだ。建物のなかに隠れなさい。そして、わたしに電話をしなさい」

「どうやって？」

メルシエはポケットから携帯電話を取り出した。

「もし何かあったら、このボタンを押しなさい。いいかね、やってみて」

ジゼールは携帯を手に取り、ボタンを押した。たちまち、ベルが鳴りだした。メルシエはもう一台の同じ型の電話を取り出し、耳にあてた。

「ほら、午後からは、もはや切っても切れなくなる」

彼は出発のまぎわまで彼女と一緒にいた。出かけるとき、彼女が泣いているのに気づいた。

「わたし、怖い」

作戦を受け持ったチームは、この二台の携帯電話のことを想定していない。これはメルシエのぎりぎりの思いつきだった。彼は本部長に、現場には行かないと約束していた。しかし、この件から手を引くとは言わなかった……。

ホテルを後にするとき、メルシエはちょっと奇妙な気分を味わった。たぶん、少し後悔めいたものを感じていたのかもしれない……。

11　小人

警視は緊張して、待たせていた覆面パトカーに乗りこんだ。

「どう帰ります？　お急ぎですか？」

「ああ」

運転手は、自分が少しは重要視されたのに気をよくし、タイヤをきしらせて急発進し、サイレンを鳴らし、無線を通じて白バイの護衛を要請した。ソフィテル・サン＝ジャックを出ると、運転手はアラゴ大通りに車を入れた。おかげでメルシエは、彼の悩みの種となったサンテ刑務所を窓から見ることができた。一分もたたないうちにゴブラン広場に着くと、二台の白バイが先導にたち、けたたましく警笛を鳴らして道を開いた。アラゴ大通り、ゴブラン広場、オーステルリッツ駅、セーヌ河岸と、景色は飛ぶように過ぎていった。サン＝ルイ島の前を通過するとき、一瞬、ジュリーのことが彼の脳裏をかすめた。四分以内で、オルフェーヴル河岸に達した。二台の白バイは任務を完了して、メルシエに軍隊式の挨拶をおくってから、遠ざかって行った。重大な事態が始まろうとしていた。

玄関前にはまだ数人の記者たちがいて、その一人がメルシエの車を写真にとった。警察は危ない橋をわたることにしたが、今はそれも止むを得なかった。本部長は自室を前線基地に変えていた。彼は何も決定しないのだが、表向きはあくまでも決定者のように振る舞っていた。大声でしゃべり、忙しそうにしていた。大きなスクリーンがデスクの前に設置され、さまざまな車両が番号を付され、ブルーで表示されていた。

「赤い点が光れば、それがジゼールだ」

実際、しばらくすると赤い光の点が現われた。ジゼールが行動を開始したのだ。

「彼女はシャンゼリゼにいる」

警視は自分がいやになっていた。自分を信頼していたジゼールを、口実をもうけて、生贄《いけにえ》にしたのだ。もし彼女が弾を受けるようなことがあれば、メルシエは永遠に責任を感ずるだろう。しかし、他に何ができたか？

「きみは来るかい、メルシエ？」

本部長は、今は、この新しい展開に彼を巻きこもうとしていた。

「いえ、わたしは、うちのチームをギヨームに差し向けます」

「いいか、エトワール界隈には、捜査班の人間は誰も必要ない。わかっているな？」

「もちろんです。その点はご心配なく」

メルシエは、ジゼールが電話をしてきた場合にそなえて、一人になりたかった。一時間か二時間はまだ安心していられる。自分のチームを立て直す必要があった。第一級の刑事からなるこの小グループを作るのに、彼は数年をついやしていた。彼らはつねに現場に駆けつける態勢にあった。やくざたちの犯行を未然に防ぐために、家庭生活を犠牲にしてかえりみない部下たちを、メルシエは尊敬していた。仕事は危険を伴ったが、現在までは、チーム内から一人のけが人も出していなかった。

「それじゃ、われわれは何もしないのですね！」

「きみたちは、ひそかにギヨームの尾行にあたっていた。彼を見失ったとき、もし、きみたちがアラゴ大通りで待ち伏せすることを思いついていたら、ヒーローになっていただろう。そして、こんなことにはなっていなかったぞ」

「で、今から、カルチエ・ラタンへ駐車違反を取り締まりに行けと？」

「きみたちにはそれがぴったりだ。だがしかし、いいことを思いついた」

「何でしょうか？」

「今日の午後は、本部長はデデの件でかかりきりだ。ということは、ギヨームの所在を突きとめる試みを、われわれはかなり自由にやることができるのだ」

「でも、デデとギヨームはきっと一緒にいますよ！」

「そのとおりだ。一方の居所がわかれば、もう一方もその近くにいるはずだ」

「われわれはどうすればいいのですか？」

「もしデデが、ジゼールという餌に予想どおり食いついてこない場合、今度はわたしが先手を取ろうと思う。ギヨームについては、誰も触れていない。新聞も、われわれのほうも。したがって、やつは、自分は目をつけられていないと思いこみ、あまり警戒せずに姿を現わす可能性がある。たとえば、電話をかけたりすれば、居場所を突きとめることができる。そこで、きみたちは、やつの両親、友達、知り合い、行きつけのバーを見張るのだ。これらすべてを監視してくれ。デデはいいから、ギヨームに全力をつくす。一つだけ要望がある、エトワール界隈は注意して避けてくれ。ああ、忘れていたが、ギヨームが自動二輪の免許を持っているかどうか、誰か、記録課に行って調べてきてくれ」

「で、もし突撃隊がデデを逮捕したら？」

「この件はそのままわれわれの手でつづける」

チーム全員がただちに仕事を開始した。部下たちは意欲的だった。デデの脱獄では自分たちに責任があると自覚していたし、その失態を償うことで名誉挽回をはかろうとしていたのだ。メルシエは今はフロアーにほとんど一人で残された。考えにふけり、自分の部屋にもどろうとしたとき、ピニョルが風のように飛びこんできた。

「ああ！ ちょうどよかった。ポワトゥヴァン司祭の解剖報告を受け取りました」

「けっこう。何か興味ぶかいことがわかったかな？」

「確認できました。彼はステッキの握りで頭を一撃されて、殺された」

「ただ一撃で？」

「そうです。ただの一撃、相当強烈です。衝撃で、右側頭部の頭蓋骨が骨折し、脳出血を起こしました。即死です。法医学者の話と解剖の結果から、衝撃は正面から加えられていました。したがって、被害者は犯人を見ています」

「その報告をファイルに入れておいてくれ」

「これで大勢が変わることはないでしょうね！」ピニョルは声を張り上げた。「この事件では、本部長はしょっちゅう意見を変えますよ」

「というと？」

「昨日の午後は、ジュリーを警察監置にすることに同意しました。ところが、今はそう望まない。まるで風見鶏ですよ」

「ああ、そうなのか？」

「そうですよ。この件をもう一度取り上げるようお願いします。というのは、わたしは新しい事実をつかんだのです。ジュリーはサン＝ルイ島のある絵描きをよく知っていました。彼のモデルもつとめています」

「それで？」

「それで、その絵描きがおよそ九ヵ月前に殺されています。

これにはあなたも驚くでしょう、どうです？」

「きみはわかっていないようだな」

「わたしの疑問が裏づけられたのです」

「いつものように、新学派の方法だな」

こう指摘されても、ピニョルはほとんどびくともしなかった。メルシエは現実に即して考えるので、自分の演繹的推理にもとづいて判断するだけである。

「わかってくださいよ……この絵描きが殺された事件では、ジュリーのアリバイは司祭の証言によっています。あの娘はマキアヴェリのように狡猾だ……たぶん、マルゴワール婆さんと示し合わせています。二人とも、聖水盤のカエルです、信心で凝り固まっているので、たがいに助け合っています。まるで魔女ですよ！」

「証拠があるのか？」

「司祭はジュリーを庇うために嘘をついた可能性があります」

「司祭は覗き趣味だった、そのうえに、今度は嘘つきか。あらゆる罪を実践しているのだな、その男は」

「そのとおりです。彼女を庇ってやったことで、司祭は何でも彼女に要求できた……繰り返しますが、すべてはつながっています。わたしは今度こそ、正式の警察監置を要請すべきだと思います。どうでしょうか？」

「たぶん」

ピニョルはやっと、メルシエがまだ懐疑的なのに気づいた。

「解剖が終わったので、遺体を大司教館に返していいでしょうね？ 明日、埋葬のミサを行ないたいということで、とりあえず遺体を聖具室に安置したいようです」

「わたしは、反対する理由はないと思うが、きみはどうだ？」

「わたしは、どうでもいい。しかし、ジュリーはそのミサで、司祭のためにヴァイオリンを弾くと予告しています。もしあなたも賛成なら、本部長の意見を変えさせることができるでしょう。そして、式の最中に、尋問のためといって彼女を連行しにゆくのです。心理的にショックを与えれば、たぶん、自白を引き出せますよ」

「それで、もし彼女が犯人なら、ピニョル隊長は、天才捜査官と見なされ……」

「本気で思っているのですか?」

「まあ、聞きなさい。つまり、もし逆に、ピニョル隊長が間違っていたら……教会で、ミサの真っ最中に、恐ろしい犯罪の犠牲者となった遺体のそばで瞑想するために集った大勢の信者たちの面前で、逮捕を行なうことが、どういうことになるか?」

「しかし……」

「ランタンプランのようになる」

「何ですか、ランタンプランて?」

「犬だよ」

「犬?」

「ああ、ある本に出てくる」

「ああ、ご存じでしょう、わたしは文学は……」

「ああ。ラテン語みたいなものだな」

ピニョルはこの指摘の毒を含んだ性格を明らかに理解していなかったが、彼の出した結論にメルシエが与《くみ》しないことは、はっきりした。

「ぶしつけな質問ですが、よろしいですか?」彼は言った。

「もちろん、どうぞ、ピニョル君」

「なぜ反対なのですか、あなたまでも、この警察監置に?」

「しかし、ピニョル君、まったく単純なことだ。というのは、警察が犯人と被害者を混同したりするのは、とんでもないことだ。そして、今こそ、それが当てはまる場合だと言っていい」

「時がたてばわかるでしょう。それはともかくとして、今日わたしは、マルゴワール婆さんを再度尋問しました。彼女は確かに、たくさんのことを知っています、彼女がわたしに話さなかったあの画家についても。わたしは彼女に、ジュリーは近く警察監置になるだろうと告げました。彼女はおびえていました。だが、そのことで、たぶん彼女は、何もかもを話す決心をするでしょう。あなたが何と言おうが、何をしようが、無駄ですよ。わたしがいま持っている資料で、警察監置をついに認めさせますよ」

「相変わらず、アリの巣を蹴とばすという、古きよき原則かね?」

「おお、おわかりですね、警視どの、わたしは、先人たちの農民的良識を持ち合わせています。わたしは自分の見たものしか信じませんし、わたしの推理は具体性にもとづいています。ですから、あなたのその嫌味な言い方は、自分のためにとっておくのですね」

「しかるにわたしは、古い世代の刑事たちのつむじ曲がりの頭で、抽象にもとづいて議論していると?」

「そうです、ちょっとそういうところがあります。とにかく、今日は、あなたには日が悪いようです……本部長はあなたに、引っこんでいるようにと言ったのでしょう、ちがいますか?」


「ところで、ピニョル、きみは気象にくわしいか?」

「いや……」

「まあいい、アンケートみたいなものなんだがね」

「いったい、何なんです?」

「嵐に遭遇したくなければ、風向きがいつ変わるかを読むことだ」

「警察監置を取りやめにする根拠を、せめて教えてくださいよ」

「まず第一に、ピニョル君、自分の生活を助けてくれ、夢のような贈り物を、公証人立会いの上で与えてくれた人間を、人は殺したりはしないよ。これは、あの絵描きに対していえることだ。売りさばく手段のないものが、宝石を盗んだりしないのはいうまでもない。だから、ジュリーは当てはまらないのだ。司祭に対しても、同じなのだ。司祭はジュリーを引き取り、音楽とヴァイオリンに日々どっぷりつかっていられる機会を与えたのだ。あのくだらない浴室の話など、ジュリーにとっては大した問題じゃない……」

「司祭にとってはそうかも、しかしジュリーにとっては……」

「ばかばかしい！　彼女は何時間もあの絵描きに、ためつすがめつ見られていたのだよ。司祭が夜ちょっと見つめるくらい、彼女にとってどうということはないだろう？」

ピニョルは呆然となり、返事もしなかった。メルシエにとつぜん、閃いたものがあった。

「確か、衝撃は正面から、右側頭部に加えられたと言ったね？」

「はあ。法医学者の報告では、右頭頂部の骨折です」

「それはつまり、衝撃は左から右に向かって加えられたことを意味しているな？」

「はあ」

「ということは、犯人は左利きだ、なぜなら、面と向かって左から右に向かって殴るには、凶器を左手で握っていなければならない……」

「たぶん」

「いや、確かだ！　ジュリーは左利きか？」

「知りませんね」

ピニョルは気を悪くして首をすくめ、それから、荒々しく戸を閉めて出ていった。

警視はやっと落ちついて、そっと自分の部屋にもどった。彼はピニョルの推論に弱点を見いだしていたとしても、優れた点もまた認めていた。メルシエはこの問題をあと一日か二日は保留にしたのだ。その間に、もっと緊急のジゼールの問題を片づけられるだろう。彼は携帯電話を取り出し、前においた。それは彼の秘密兵器であり、どたんばの切札であり、作戦に参加するための彼なりのやり方であった……。しかし彼は、重苦しい不安にとらわれていた。窓辺においたツバキの鉢が乾いていた。しかし、妻の懇意の花屋は、水をやりすぎないように、軽く霧を吹くぐらいでとどめるべきだ、と言っていたので、彼はまるで宗教的儀式のようにそれを行なった。すでに十六時になっていた。朝食を取って以後、ジゼールのホテルの部屋でコーヒーを一杯飲んだきり、彼は何も口に入れていなかった。警視は女の身が心配だった……。突撃隊の若者たちは確かに訓練を積んだプロ集団である。しかし、路上での危険に加えて、群衆、交通、突発事態……。自分のチームが当たればこの作戦をうまくやりとげるだろうという思いで、彼はだまって歯ぎしりしていた。時間は過ぎていった……。目を半ば閉じてうとうととしかけたとき、電話が鳴った。

「もしもし！　メルシエ警視ですか？」

「はい」

「玄関の受付です。警視にどうしてもお目にかかりたいという人が来ています」

「どんな様子の人だ？」

「縮んだような老女で、背が曲がり、かなり痩せて……」

「何をしたいのだ、その人は？」

「サン＝ルイ島の事件と関係があると言っています。大変重要なことだと。警視にお目にかかりたいそうで、ピニョル隊長に話すのは断わりました」

「通してくれ、急いで」

しばらくして、マルゴワール夫人がメルシエの部屋に入ってきた、髪を振り乱し、悲しそうな表情を浮かべていたが、思いを決した様子で、メルシエがすでに気づいていた猛禽の目つきをしていた。しかし、その手はかすかに震えていた。

「こんにちは、メルシエ警視どの。ポワトゥヴァン司祭の事件を担当しておられるのは、確かあなたですよね？」

「そうですよ。おかけください」

「わたしは自首しに参りました」

「どういう理由で」

「司祭を殺したのはわたしです」

メルシエは自分の耳が信じられなかった。ピニョルも驚くだろう！　マルゴワール夫人は待っていた。この告白で気持ちが落ちついたのか、顔の緊張はゆるんでいた。

「それはそうかもしれないが、マルゴワールさん、だがわたしには、どうしても納得する必要がある。なぜあなたは司祭を殺したのですか、あなたのような、熱心な信徒が？」

「言い争いをしたのです」

「どういうことで？」

「ジュリーのことです」

「そのことだけでは？」

「何と言ったらいいのか……言葉が出てこないのです……つまり……」

「浴室のことでしょうか？」

「ああ！　もうご存じだったのですね！」

「ええ。ジュリーがピニョル隊長に話しています」

「あのピニョル隊長に！　あの人のやり方はひどいです……」

「ご存じでしょうが、警察では、結果だけが重んじられます」

「いいえ、警視さん。この前の月曜日、わたしは教会であなたをじっくり観察していました。あなたなら、違います、人間的な暖かさのようなものを、思いやりを感じます……それなのに、同僚の方ときたら……あの人は、ほとんどいつも、ひどく下卑た質問をします」

「話を逸らさないでください、マルゴワールさん。それで、あなたは司祭と言い争いをした、浴室でジュリーを見るやり方がちょっと度が過ぎているということで？」

「ええ、つまりは」

「で、なぜとくにあの日曜日だったのです、ああいう行為は何カ月も前からつづいていたというのに？」

「なぜって、心に思っていることを口に出して言う勇気はいつか生まれてくるのです。人は長いあいだ、だまって不満を積もらせていきます、そしてとつぜん、とりわけて理由もなく、それを爆発させるのです。それがあの日曜日だったに違いありません……」

「それで、あなたは彼を殺した？」

「はい」

「どうやって？」

「わたしは彼のステッキをつかんで、思い切り殴りました、何度も何度も、狂ったように殴りました」

「何度も殴った？　何回？」

「わかりません……たぶん、十回ぐらい、数えていませんし
「そのはずです」

「え？　どういうことです？」

「どんなふうに殴ったのか、やってみてください」

マルゴワール夫人は右手で定規をつかんで、メルシエのデスクをはげしく叩いた。

「こんなふうに！」

「マルゴワールさん、あなたが今なさっていることを、何と呼ぶかご存じですか？」

「はい。自白です」

「いいえ、マルゴワールさん、公務執行中の司法官に対する侮辱行為と言います。ポワトゥヴァン司祭は右側頭部をただ一撃強打されて、殺されました。あなたがさっきしてみせた左側ではありません」

老女は泣きくずれた。

「あなたがたのあのひどいピニョル隊長は、ジュリーは警察監置にされるとわたしに言いました、明日の午後、埋葬式のミサの最中に警察が彼女を連行しにくることだって可能だ、と！　あなたは納得されている……」

「マルゴワールさん、警察の立場も少しは理解してください。わたしたちがジュリーを疑う理由はたくさんあるのです。彼女は、何といっても、司祭からの奇妙な申し出を承諾していたはずですから！」

「彼女はもちろん、好きでやっていたのとちがいます。でも、司祭を本当に悪く思っていたのではありません。彼女はあのことを、自分の美しさに対する敬意のようなものと考えていたようです。彼女はわたしによく言っていました、自分は醜いほうがまだよかった……」

「あなたはそうおっしゃるが……。それに、数カ月前に殺

された画家のことがあります。そのことはご存じのはずですね？　ジュリーに新しいヴァイオリンを提供したのは、彼でしょう？」

「ああ！　不幸のヴァイオリン……あのヴァイオリンが家に持ちこまれてから、すべてがおかしくなりました」

「わたしの質問に答えてください、あの画家の存在をご存じでしたか？」

「もちろんです。彼はジュリーにぞっこんでした。彼のお気に入りのモデルでした」

「彼もまた、彼女の裸を見ていました……」

「彼の場合は、違います。それが彼の仕事でした」

「で、ジュリーはそれを嫌がっていなかった？」

「いいえ。彼女はいつも裸でポーズするのを断わっていました。交換条件として、彼があのヴァイオリンを提供すると言いだす日まで」

「で、彼女は受け入れた……」

「ええ。彼女のいちばん大きな不幸のために。あのヴァイオリンは悪魔より悪い」

「しかし、あなたがわれわれにあの画家のことを話さなかったのは、どういう理由ですか？　故意の言い落としは、警察の目から見れば、重大です」

「あなたがたが関連させて考えるのを恐れていたのです」

「さて、これでやっと、はっきりしました。あなたがたは無駄なことをしましたね、二人とも。いったいどうして、自分が犯してもいない罪を背負いこもうと思ったのです？」

「ジュリーが今朝言ったのです、もしあのヴァイオリンを取り上げられたら、自分はセーヌ川に身を投げると。これが、あの男がもたらしたことなのです、あの粗雑な隊長が！　彼は心に痛みを感じて死を受け取るだけでしょうが、わたしはこの歳ですから、悲しみのあまり死ぬかもしれません。二人の無辜の人間が、この地上から消えるのです！　もしヴァイオリンを欲しかったのなら、ジュリーはわたしにねだればよかったのです。わたしだって、彼女に買ってあげたのに。でも彼女はとても自尊心が強いので、人に何かをねだるようなことは、絶対にしないのですよ……」

「マルゴワールさん、あのヴァイオリンはストラディヴァリウスですよ。百万ユーロの値打ちがあります」

「ストラディヴァリウスですって？」マルゴワール夫人は、半信半疑で繰り返した。「確かなんですか？」

「ええ、確かです。ドゥルオで売りに出された日付も、それを買った画家の名前もわかっています。ヴァイオリンは、公証人の立会いのもと、完全に合法的に、ジュリーに贈与されています」

「申しわけありません……そのことはまったく知りませんでした……今になって、いくつかわかったことがあります」

「たとえば、どういうことです？」

「なぜジュリーがあの絵描きのことを、いつもあんなに褒めていたか！　あのヴァイオリンによって、彼は生涯の夢をかなえてやったのです。音楽は、あの子にとってすべてなのです」

「あなたは彼女をまだ子供だと思っているのですか？」

「おわかりでしょう、歳をとると、頭のなかがごっちゃになって。わたしはときどき、夢を現実と思ったりします……」

「それは危険ですね。ジュリーは男たちの気をそそっていたのですよ、マルゴワールさん」

「ええ、今はそのことに気づいています。でも、自然が彼女をあんなに美しく造ったとしても、それは彼女の責任ではありません。彼女は誰に対しても、欲情をそそるような行為は一切していません」

　メルシエはマルゴワール夫人が真実を話していると感じた。彼女は、ジュリーの自殺するという脅しをしごくまじめに受けとったに違いない。老女は椅子に座ったまま、やきもきしていた。今は、一刻も早くここを出て、プールティエ通りにもどり、ジュリーの顔を見たかった。警視はどういうつもりでいるのだろうか？

「これから、わたしをどうされるつもりですか？」

「もう少しお話を聞かせてもらう必要があります、さもないと、お帰しできません」

「何を知りたいのです？」

「とにかく、すべてです、マルゴワールさん。とくに、サン＝ルイ島でおきたあの二件の殺人事件の真相です。わたしは偶然が重なったとは思っていません。この二つの事件は関連しています」

「わたしが真相を知っていると、あなたは本気で思っているのですか？」

「ええ」

「助けてください……いったい何を知りたいのです？」

「あのヴァイオリンの件では、一方に音楽がありますが、もう一方には、ジュリーを取り巻く男たち全員があります」

「誰ですか？」

「まず、あの画家。とにかくこの男は、途方もない楽器を彼女に提供しました……」

「それは、アンジュー河岸のアトリエでポーズをした代償に、彼女に支払われたものです」

「あなたは、モデルに百万ユーロも支払う絵描きがざらにいると思いますか？」

「あの人は億万長者でした。それに、彼は自分の作品を信じられないような高い値段で売っていますよ……」

「それから、ポワトゥヴァン司祭。あの浴室でしていたことについて、どう考えますか？」

「彼は彼女に絶対に手を出さなかった」

「ジプシーとは違いますね」

「いやなやつ、あの男。あなたがたがあいつを自由にするのかと思うと！　よくできてますよ、法律って！」

「でもジュリーは彼が好きだった……」

「ええ、おっしゃるとおりです。それでも、わたしには、いったい彼女は、あの男のどこが気に入ったのか、まったくわかりません」

「それから、あのジャンがいます……」

「とてもいいカップルになるのに……躾《しつけ》がよく、おとなしく、勤勉で……」

「ええ、でも、ジュリーは頭のなかでは別のことを考えていた、別の計画があった。で、そのことについてですよ、どうしても話してもらわねばならないのは。さもないと、わたしは怒りますよ」

「ジュリーがどんな性格か、おわかりですね。まったく、謎めいた性格なのです」

「ええ、しかしわたしは、そういうものを、そういう謎を解明するために、フランス国民の税金から給料をもらっているのです。せっかくあなたが来ているのだからたずねますが、ジュリーは右利きですか、左利きですか？」

「右利きです。聞いてください、あなたには本当のことをお話しします、でも……」

ちょうどそのとき、電話がなった。ジゼールだった。

「ジゼール？」

「はい、わたしです。すべて失敗でした。デデは撃ってきました……わたしは負傷しました。重傷ではありません、ほんのかすり傷です、でも、撃ち合いがあったんです、たぶん、負傷者が出たと思います。デデはオートバイで、コンコルド広場のほうに逃げました。たくさんの車が追いかけています。そこらじゅう、えらい騒ぎです……。わたし、怖い」

「いまどこにいる？」

「シャンゼリゼのロン＝ポワンです。ビルの玄関に隠れています」

「GPSを切るんだ」

「もう切りました」

「メトロかタクシーを使って、すぐにもどるんだ。わたしは玄関で待っている。急げ、あんたの隠れ家を見つけねばならん！」

メルシエは電話を切って、彫像のように動かないマルゴワール夫人を見つめていた。

「何か困ったことでも、警視さん？」彼女は、とても優しい、親しみのこもった声でたずねた。

「ええ」

「わたしに何かお手伝いできることがあれば？」

「いいえ、とんでもない。もうお帰りください」

マルゴワール夫人はメルシエをじっと見つめた。

「その人に、そのジゼールとやらに、プールティエ通りに来て泊まるようにおっしゃったらどうですか、あなたが別の場所を見つけてあげるまでのあいだ？　もしその人がけがをしているのなら、わたしが手当てしますよ」

メルシエはあっけにとられていた。

「そんなこと、していただけますか？」

「ええ」

メルシエはもう一度ジゼールに電話をした。

「さっきのは取り消しだ。サン＝ルイ＝アン＝リール通りに行ってくれ……そこに教会がある。とても親切なご婦人がそこであんたを待っていて、匿ってくれる。彼女に任せるのだ。わたしは今夜そっちに行く」

「それはどこですか、その通りは？」

「アイスクリーム屋のベルティヨン、知ってるか？」

「もちろん、パリで一番のシャーベットだわ！」

「その通りだ。急げ、傷が軽いのなら、タクシーよりもメトロを使うんだ」

メルシエは電話を切った、そして、手短かに老女に説明した。

「このジゼールは、水曜日の朝サンテ刑務所から逃亡した受刑者にねらわれています。相手は危険なやつです。彼女を殺すつもりです。扉をしっかり閉め、鎧戸も閉めてください。誰が来ても絶対に開けないように。おわかりですね？　ジゼールはわたしとは電話でいつでも連絡がとれます」

「わたしが手当てをします。わたしはむかし看護婦をしていました。今夜あなたをお待ちします。夕食を用意しておきます。これをどうぞ、鍵です、わたしはスペアを持っています。そのジゼールは、あなたのジュリーですね、あなたはその人を守ってあげることができなかった……」

「マルゴワールさん、わたしに小言を言っている時じゃないですよ」

12 画廊

猫背の小柄な婦人が去ったあと、警視は、人がむらがる本部長室に入った。突撃隊と政府側の関係者全員が召集されていた。興奮は頂点に達していた。メルシエは目立たぬように人々のなかにまぎれこんだ。本部長はかんかんに怒って、たえまなく政治や階級制度を罵倒し、悪態をついていた。

「まったく無能な連中だ。けが人が出たって？　いったい、あのジゼールの淫売め、どこへ行ったのだ！　赤い点が消えた！　作動しないのだ、あいつらの器具は……ああ、メルシエ、そこにいたのか、探してたのだ。いったいどこにある、赤い点は？　消えてしまったのだ！」

「わたしは遠くに行っていませんよ……」

「なんたるあばずれだ、きみのお気に入り娘は！　完全に消えてしまったぞ！」

「彼女は怖かったんですよ。あの女《こ》の身になって、考えてください」

「もちろん。オートバイがやってきたんだ。ヘルメットのため、顔は見分けがつかなかった。後ろに乗っていたやつがジゼールをねらって発砲した、警告なしにだ。それがたぶんデデだった。ジゼールは負傷したにちがいない。ところが、彼女のGPSはもう作動していない。ほら、見てみろ、メルシエ、もうスクリーンに赤い点はないのだ」

「あの名高いスペシャリスト集団は？」

「連中は百メートルも離れていなかった。あっという間の出来事だ！」

「彼らは訓練されていたんじゃないのですか……」

「デデはオートバイに乗っていた、ところが、連中は四輪車だ」

「始めから勝負ありですね！」

「オートバイは逆走したのだ。デデは動くもの目がけてやみくもに発砲した。交通の混雑でやつを見失った。あの渋滞じゃ……」

「わたしは、危険だとはっきり申し上げましたが」

「ああ、今になってわたしを非難するのはたやすい！」

「わたしは、自分の部下たちとこの作戦をやりたいと提案しました。うちの連中は、人ごみやパリの交通事情のなかで仕事をすることに慣れています」

「この任務は、政府の指揮で実行されたことを、きみもよく知っているだろう！」

「それじゃ、彼らに責任をとらせるべきですね……」

「もし負傷者が出ていたら、大ごとになるだろう」

「あなたはたぶんテレビの報道番組に呼ばれますよ。あなたの大好きな……」

「ああ、だが今夜は出たくないね、わかるだろう！」

「あなたは大丈夫ですよ。笑いものにされても、命取りにはならない」

とつぜん、本部長は、メルシエが自分をあからさまにあざ笑っているのに気づいた。どうしてこんな態度をとることができるのか？　なぜ、彼を頼りにしている女をもっと気づかわないのか？　ひょっとして、彼はジゼールの居所を知っているのではないか？

動揺は少しずつ収まっていた。誰もこの失敗の責任を認めようとしなかった。誰もが自分の部屋にもどることしか考えていなかった。本部長室からは魔法のように人がいなくなった。幸いにも、多数の発砲があったにもかかわらず、負傷者はなかった。だが、ジゼールは依然として見つかっていなかった。

「とにかく、彼女はどこにいる？　きみは心当たりがあるのか、メルシエ？　歩道に血痕が見つかったのだが……」

「それじゃ、病院を調べてまわったらどうです。彼女はたぶん怪我をしています」

「それはいつでもできる」本部長は答えた。「しかし、わたしにはあまり信じられんな……あの男がしくじるなんて。これをどう説明する？　拳銃強盗のプロが的《まと》を外したのだ……」

「よくご存じでしょう、デデは強盗を働くとき、弾をこめない拳銃を携行していたのを。あの男のドン・キホーテ的な側面です。しかし、今日は、面子《めんつ》のことで決着をつけようとしたのです」

「デデにとっては、あの発砲は洗礼みたいなもので、初めての体験だときみは言いたいのか？」

「そうです。彼が撃ち損じたのはそのためです。危ないところでしたよ！」

メルシエは、早く部屋から出て行きたがっているのを本部長にさとられたくなかったので、最後まで残っていた捜査員たちの役に立ちそうもない意見を、しばらく聞いていた。ジゼールは安全な場所にいる。だが、今夜は長い夜になりそうだ。若い女の隠れ家が誰かに洩れる気遣いはないはずだ。デデは目標に達するためなら、命の危険もかえりみないだろう。しかし、いったい誰が、マルゴワール夫人の来訪とジゼールを結びつけて考えるだろう？　誰もいないはずだ。二つのケースが結びついたのは、ただ偶然の一致としか考えられないのだ。十九時半ごろには、本部長室に残っているのはもうメルシエだけになっていた。

「今日はひどい目にあったな！」本部長が言った。

「ジゼールほどじゃないでしょう」

「最悪の事態は避けられた。おい、メルシエ、きみは彼女がどこにいるか知っているな……」

「まあまあ、本部長殿、あなたに対する敬意は忘れてはいませんが、あなたは今日はかなり馬鹿なことをやったと思いますよ。もうお宅にお帰りになったほうがいい……」

「デデを見つけ出そうと思っているのか？」

「少しそっとしておいてもらえば、必ず」

話し合いはこれで終わった。

警視は自室にもどり、いろいろの引出しや、書類をしまっておく小さな戸棚を開いた。支給されていた拳銃を探したのだが、見つからなかった。要するに、メルシエは武器を携行したことがないのだ。チームの連中はしばしばそのことを非難していた。彼はもう何年来、射撃訓練もしていなかった。けっきょく、目的のものは見つかった、書類の下に埋もれていた。弾倉に弾があるのを確かめ、安全装置と遊底を動かしてみた。デデは躊躇することなく無警告で撃ってきた。やはり、危険な男である。ジゼールを守るためには、同じように武器を携えていなければならない。外に出ると、河岸を斜め左に進んでノートルダムの方向に折れ、大聖堂に沿った小公園を通ってサン＝ルイ島に向かった。何度も振り返って、誰にも尾行されていないのを確かめた。携帯電話はポケットに入っていた。ジゼールは電話してこなかった。傷は大して重くないに違いない。

デデは、各所に張りめぐらされた罠から、長いあいだは逃げきれないだろう。せいぜい一日か二日だ。メルシエは危険の度合いをはかってみた。ジゼールがマルゴワール夫人と一緒にいるところを見られる可能性はあったか？　せいぜい数秒間だろうから、まずあり得ない。もしピニョルが、ジュリーを尋問するためにプールティエ通りに来て、若い女を見つけたとしたら？　それはない。今夕のことなのらもう遅すぎる時間だ。そして、明日は、ポワトゥヴァン司祭の埋葬式が行なわれる……ジゼールが一分間も一人でいる時間はないに違いない。メルシエは彼女から目を離すまいと決心した。その間を利用して、画家の事件の捜査を進めるのもいいだろう。しかしながら、マルゴワール夫人の立場は変わった。今は彼女に借りを作ってしまった。彼女はまだ自分にいろいろ打ち明けてくれるだろうか？　ジュリーに尋問するのを黙認してくれるだろうか？　力関係は、これからは、あまり明白ではないのだ。とはいっても、ジゼールが電話をしてくる前には、老女は話す気になっていた、彼はそれを確かに感じていた。すべてはやり直しだ……。

ジュリーの目から見て、大事なのは音楽とヴァイオリンだけだ。しかしながら、その目的を達するために、彼女は、自分がモデルをしている絵描きの希望に従うことを受け入れた。芸術間の物々交換があった、すなわち、ヴァイオリンと絵画との。このことが殺人を説明できるか？　否、なぜなら、この交換では、双方とも勘定があっているからだ。《音楽》《絵画》《音楽》《絵画》、この二つの言葉が繰り返しメルシエの頭のなかで反響した。答えはすぐ手の届くところにある……それなのに、彼はつまずいていた、ピニョルのように。鎖の輪が一つ欠けている、細かい点が……それが夢を悪夢に変える砂粒だ。

サン＝ルイ＝アン＝リール通りで、彼は殺された画家の画廊の前で立ち止まった。遅い時間にもかかわらず、店は開いていた。彼はなかに入った。画家の署名のある絵が何点も展示されていたが、ジュリーを描いた絵は一点もなかった。奇妙だ……。

彼は支配人に三色旗のついた身分証を見せた。

「あの事件は片づいたものと思っていました。ここ何ヵ月間、同僚の方たちがもう何度も来られていました。知っていることはすべて申し上げました。捜査は依然つづいているのですか?」

「ええ。彼の絵を売る仕事を任されているのはあなたですか?」

「はい。わたしは、相続を担当している公証人と契約を交わしました。十月にはニューヨークで展示会を開きます。死後、彼の評価は日に日に高まっています。ですから、わたしは急がないのです……」

「いくらぐらいあるのです?」

「ちょっとした財産です。あなたがいまご覧になっている絵は、どれもかなり古いものです。作風はずいぶん変わりました。最近の作品は、芸術的な面で、もっと興味深いものがあります。ご覧になりますか?」

「ええ」

メルシエは淡々とした口調をくずさなかった。自分が何を探しているか、彼自身わかっているのだろうか? 支配人は宝物を見せることで気をよくしていた。警視を収蔵室に案内しながら、芸術界の状況、絵画、価格の変動、画廊主の仕事の厳しさなどについてコメントした。将来、美術館が購入してくれるような絵画を見つけ出さなければならず、いうなれば、芸術全般にかかわる仕事である……と。

「わたしたちはただ金銭的価値だけで動いていると言われて、まるで大魔術師のように見られていますが、実際は、絵画の芸術的価値だけがわたしたちを動かしているのです。わたしたちは才能の探求者です……ああ、ここにあるのが彼の最近の絵です!」

支配人はいくつものカンバスを向けなおした。メルシエはジュリーを認めた。

「ご覧のとおり、これらはすべてヌードです。画廊のほうに展示してある絵とは、作風が違っていることがよくわかります。デビュー当時から、彼はすでに、光のセンス、調和のとれた曲線のタッチ、色のコントラストの感覚、それに、立体感に対する真の才能を持っていたことがおわかりでしょう。しかし、この時代の絵は寒々としています。人物は静物画のように生気がありません。ここにあるのは、その反対です、これは生命です、はるかに熱いのです、巨匠の感銘を受けます。幻想的表現の向こうに画家の感情があるのがわかります……」

メルシエはあらわにされたジュリーしか見ていなかった、ひざを曲げた、弓なりにそった、うつ伏せになった、股を開いた、かがみこんだ、ときには、磔《はりつけ》の体位にすらなった、ジュリー。しかし、絶えず微笑を浮かべていて、マルゴワール夫人が言ったように、それは謎に満ちていた。

「顔の表情がわかりますか？」

「ええ。謎めいて……」

支配人は一瞬だまった。メルシエの使った形容詞に驚いたのだ。

「あなたはなかなか目が高いですね！《謎めいた》は適切な言葉です。とても表現しにくい性質です。画家にとっては、肌はむずかしい挑戦です。あまり明るいと、くすんで、艶が乏しくなりすぎます。顔だちが硬くなります……

とても微妙なのです。このような質の肌を持っているモデルはほとんどいません！」

メルシエは画布を見つめていた。彼にジュリーのことを話してもらわねばならない。

「ヴィーナス神話ですな？」わざとのんびりした口調で言った。

「そうです、あるいは、アフロディテとも。どちらでも」

「どう違うのです？」

「ヴィーナスはローマ人の愛の女神です、そして、アフロディテはギリシャ人の女神です。その時代には、人々は神々のこととなると真剣でした……。当時の神々は夢を見させてくれました。現代とは違うのです！　ヴィーナスは、ときには純潔、ときには陽気になります……」

「この絵では、ヴィーナスは男性と共にいますね……」

「ええ、それはマルス、ローマの軍神で、ロムルスとレムスの父親です。欲望の寓意として描かれているのがわかります」

「男の顔はかなり類型的ですね……」

「ええ……ツィガーヌでしょう、おそらく？」

「つまり、ジプシー？」

「たぶん、そうでしょう」

「で、ヴァイオリンは？」

「ほとんどすべての画面でヴァイオリンが見られます。ご覧ください、この絵を。ヴィーナスと愛し合っているのはヴァイオリンです。顔の表情に注目してください」

「恍惚《エクスタシー》？」

「ええ、まさしく。ご覧なさい、この優雅で美しい誘いを。こめられた猥褻さにも味わい深いものがあります」

「それから、これ、赤い炎に囲まれた、醜い、足の悪い人物？」

「それは鍛冶場のウルカヌスです。ユピテルとユノーの息子です。自画像だとわたしは思っています」

「画家の自画像？」

「ええ。これらは最晩年の制作で、文句なしに最も美しい作品です。女性は理想化されていますが、同時に、荒々しい力で欲望に屈伏させられています。ところどころ赤やブルーの擦筆で特徴を目だたせた色づかい、卑俗なポーズ、さらに、それとは反対に、純然たる猥褻ととられそうな姿態を和らげている、黄色い暖色系の色調に注意してください。これらの作品は莫大な価値を持つでしょう。いずれ、世界の大美術館に入ることになります。しかし、わたしは自分のために一点か二点残しておきます。こうしてわたしは儲けを出します。公証人は了解ずみです」

「あなたはこれらの作品を大切に収蔵室にしまっています、展示もせずに……。時機が来たら、収集家を驚かそうというのですか？」

支配人ははっとなった。困惑していた。

「それはつまり……それだけじゃありません……」

「どういうことです」

彼は答えをしぶっていた。ついに、つぶやくように言った。

「わたしはこれらを展示する許可をもらっていないのです」

「画家が拒否したのですか？」

「いいえ、その反対です！　彼は自分のモデルを方々で見せたかったでしょう。彼女に夢中でしたから」

「ところで、誰ですか、そのモデルは？」

「ヴァイオリニストです。ジュリーとかいう。毎日、画廊の前を通りかかるのを見かけますが、彼女が入ってきたことはありません、わたしに声をかけたことも。彼女はプールティエ通りに住んでいます。すぐ前の教会でヴァイオリンを弾いています」

「それじゃ、誰がこれらの絵を展示するのを禁じたのですか？」

「この建物の所有者です。ある日、わたしは、あなたが今ご覧になった作品の一つを展示しました。忘れもしませんよ、あの日を。画家が殺された日の前日でした。画廊に、信じられないほどの人がつめかけました。一枚の絵であんな騒ぎになるなんて、まったく初めての経験でした……。夕方、大家さんがやってきて、その絵を引っこめるように命じました。そうしないと、わたしを退去させるというのです」

「それで？」

「わたしは仮の賃貸借契約を結んでいました。使用継続権を買い取ってなかったのです。契約は、いつでもわたしを退去させられることを認めています。その代わり、わたしはきわめて格安の賃貸料ですんでいるのです。この界隈は高いですからね……わたしはそうせざるをえませんでした」

「その所有者の名前は？」

「マダム・マルゴワール。その後のことはご存じですね……。その翌日、画家は殺されました。奇妙な偶然の一致です……」

「あなたはそのことを警察に話しましたか？」

「いいえ。この件については、まったく質問をされませんでした」

13　ロマネ・コンティ

メルシエはあっけにとられていた。頭のなかがぼっとなっていた。やっと今、パズルのすべてのピースを手に入れたのだ。恐ろしい二件の犯罪の謎を解明するには、落ちついてこれらを組み合わせるだけでいいのだ。モデルに惚れこみ、その人体構造の探究に夢中になっていた画家のケース。近づきがたい、天使のような肉体をひたすらあがめる司祭のケース。徐々に状況が明らかになっていた。二件の殺人事件は同一犯のしわざで、いずれも同じ動機によるものだ。一挺の途方もないヴァイオリンが三人の人間の人生を支配していたのだ。ジュリーにとって、それは現実的な幸福だった。画家にとって、それはミューズに身を捧げる手段だった。司祭にとって、それは肉欲と天国のあいだの移行であった。メルシエはワインを一杯飲みに、ビストロに入った。

彼がプールティエ通りに面した門の重い扉を押したとき、教会の鐘が二十時三十分を告げていた。犯罪の現場である。彼はだまったまま、中庭の奥にあるマルゴワール夫人の小さな家に達し、ポケットから鍵を出して、そっと玄関の戸を開けた。錠は古いもので、こわれやすく、ラッチは傷んでいた。どんなけちな泥棒でも、即座に目的を達してしまうだろう。ここは誰でも自由に出入りできたのだ。

家のなかは暗かった。すべての鎧戸は閉まっていた。マルゴワール夫人は用心深く、安全に対する指示を守っていた。警視は立ち止まって、ゆっくりと暗闇に目を慣らしていた。右手に、セイヨウミザクラ材のテーブルをそなえた食堂があり、食卓の用意がしてあった。隅に、机、革のひじ掛け椅子、小型丸テーブルがあり、その上には旧式のラジオが載っていた。たぶん、司祭はここで暮らしていたのだ。おそらく、ここで、説教の草稿を作り、ジュリーやマルゴワール夫人と会話を交わしたのだ。そして、やはりここで、彼は死と遭遇したのだ。焼けたジャガイモのいい匂いがしてきて、左手にキッチンがあると教えていた。突き当たりの扉が半ば開いていて、部屋のなかが覗かれ、ベッドの上に大きな十字架があるのが見えた。一階に誰もいないのは明らかだった。それでは、マルゴワール夫人はどこへ行ったのか？　警視は探索をつづけていた。彼は犯罪の舞台を調べるのが好きなのだ。壁は聞いていた、家具は見ていた、ソファとひじ掛け椅子は無言の立会人だった。彼は、ピニョルや彼の新しい捜査法が好んでいる関係資料から遠ざかって、犯行現場の生の雰囲気にひたっていた。とつぜん、二階のほうから、若々しい、さわやかな笑い声の、はじけるようなさざめきが聞こえてきた。彼はゆっくりと階段を上がっていった。あのすばらしい浴室がそこにあった。ジゼールとジュリーがシャワーを浴びながらふざけていて、光のなかでまぶしく輝くたがいのからだに石鹼の泡をなすりつけ合っていた。華奢《きゃしゃ》な肉体と均整のとれた曲線がバラ色の大理石と渾然一体となっていた。メルシエは魅了された。この光景を見て、彼は先ほど見た絵を思い出していた。だが、これは、生命の魅力と動きをそなえていた……。二体のヴィーナスはそれぞれ異なる美の様相を呈していた。一方は丸みをおび、しとやか、もう一方は華奢《きゃしゃ》で、すらりとしていた。

「あら、いらっしゃった！」ジゼールは叫んだ。

驚きも、たじろぎも見せず、彼女は小さなタオルを不器用にからだに巻きつけた。しかしジュリーは知らぬ顔で、警視を無視した。

「見てください、これがデデの仕業です！」ジゼールはそう言って、肩の細長い擦り傷を見せた。

「かすり傷だな」内心の当惑を隠そうとしていたメルシエがすぐ言い返した。

「かすり傷です！　でもやっぱり、かなり血が出ました！とにかく、あいつはわたしを殺していたかもしれないのよ、あの馬鹿は！　あなたのすばらしい思いつきのおかげで、聖ペテロのお供に加わっていたかもしれないのよ、今ごろ、わたしは……」

「あんたのことだから、あの気の毒な使徒を誘惑しようとするだろう」

彼女は肩をそびやかして、ジュリーのほうに振り向いた。

「メルシエ警視よ」

ジュリーはかすかに微笑み、シャワーから出て、ゆっくりとバスローブを手に取り、言った。

「こんばんは、警視さん」

「あなたはわたしの安全を確保するためにいらしたの？」

ジゼールがたずねた。

「ああ」

「じゃ、もうわたしを見捨てないわね？」

「ああ。すぐにデデを見つける」

「わたしはもう誰かの標的にされないわね？」

「ああ。すべて終わった」

「よかった。わたし、とっても怖かったのよ、わかっていただけますね！」

一階で鍵をまわす音がした。メルシエはポケットに手をやった。ジゼールは彼が武器を携えているのだと気づいた。

「あれはマルゴワールさんだわ。あなたのために、ワインを探しに出かけてたの。この時間だと、見つけるのに苦労したに違いないわ、きっと。あなたはなかなかの通だってわたしがしゃべったので、彼女はあなたを喜ばせたかったのよ」

はたしてマルゴワール夫人が階段の下に現われた。買い物かごを手にしていた。彼女はメルシエと視線を交わし、とがめるような顔つきをして、一言も発しないで、キッチンに引きこもった。ばつが悪くなって、警視は食堂にもどった。そこでたっぷり十五分も待ったころ、マルゴワール夫人が彼の様子を見に来て、たずねた。

「肩ロースはお好きですか？」

「はあ」

「焼きかげんは？」

「レアで」

「そのとおりよ。それが最高」彼女は笑みを浮かべて言った。

よそよそしさは消えていた。

「楽にしてください。夕食はすぐできます」

「でも、食卓の用意は一人分しかありませんね？」

「あの娘《こ》たちは、上で食べるのです」

「あなたは？」

「わたしぐらいの歳になると、夜はほとんど食べないのです。わたしはもう自分のポタージュはいただきました。でも、あなたさえよろしければ、お相手しますよ」

「玄関の鍵はかけましたか？」

「はい。それに、念のため錠に鍵を差しこんでおきました」

「あの錠はあまり頑丈そうじゃありませんね……」

「わたしと同じで、もう古くなっているんです、わたしにはわかりませんでした。今夜のところは、これでがまんしなければならないでしょう。鎧戸はすべて閉めたので、窓からは誰も入れません。問題はこの扉だけですが、あなたがここにいらっしゃる。状況はもっと悪くなっていたかもしれませんね」

「心配しないでください」

「ちょっと失礼、上にいって、あの娘《こ》の包帯をやり直してきます。一分もあれば。傷は浅いのですが、出血はかなりあったでしょう。すぐもどってきます」

　警視は今はほとんどくつろいでいた。パリは夕闇に包まれていた。彼は帰りが遅くなることを妻に知らせていなかった。もっとも、自分は帰るつもりなのだろうか？　すでにかなり遅い時間だが……。

「さあ、やっと包帯は終わりました。あなたの肩ロースにとりかかります。ソースを作りましょうね……。ジャガイモもあります、ペリゴール地方のレシピです、きっとお気に召しますよ」

「あまり迷惑をおかけしたくない……」

「あら、毎日々ご馳走を作っているわけじゃないのですよ。ジュリーは何も食べないし、司祭は煮た魚しか好きじゃなかったので」

　マルゴワール夫人はレンジのところにもどった。フライパンで肉を焼く音がしたかと思うと、いい匂いが部屋じゅうにただよった。ソースに使われたワインが、ブルゴーニュ産ワインのおいしそうな香りを発散していた。メルシエはそこに、上質のワインの香りをかいだ。数分後、マルゴワール夫人が、巨大な肩ロースとジャガイモの皿を持ってもどってきた。ついで、ソースの入った小鍋と、最後に、ワインの瓶を取りにいった。

「はいどうぞ、警視さん、用意ができました」

　メルシエは、ブルゴーニュ産ワインのラベルを読んでびっくりした。ロマネ・コンティだった。もちろん、こんなワインがソースに使われることはめったにない……。

「肩ロースと一緒にワインを味わってみてください。おいしいと思いますよ」

「まさに絶品です。ご自宅のワイン・カーヴから？」

「いいえ。でも、ジゼールが、あなたはワイン愛好家だと言ったので……」

メルシエはご馳走になった。すばらしい夕食だった。まったく夢のようなワインなのだ、このロマネ・コンティは。だが、なぜこんな贈り物を？　水しか飲まない年寄りのマルゴワールがこれを買いに行った？　彼に取引を持ちかけるつもりでは、たとえば、ジゼールの安全と引き換えに、ジュリーをそっとしておいてほしいとか？　彼は背後で沈黙している彼女の存在を意識した。微妙な争いが始まっていた。先に言いだすのはどちらだろう？

「十分に召し上がれ、デザートはありません」意表をついて、チーズの盆を持ってもどってきた彼女がとつぜん言った。「コーヒーはいかが？」

「いえ、今はけっこうです、ありがとう。それよりこのグラスを空けるほうが……」

「ワインは気に入りましたか？」

「きっと、よく吟味されたのでしょう！」

「よかった、なにしろわたしは、ワインについてはさっぱりですので」

長い沈黙があった。それを、いたずらっぽく破ったのはマルゴワール夫人だった。

「このブルゴーニュの逸品をわたしがどのようにして手に入れたか、知りたくありませんか？　出かけていったら、お店が閉まっていたので、わたしにはそうするより仕方がなかったのです。わたしは橋を渡って、角にあるレストランに入りました」

「トゥルネル河岸のことを言っているのですね？」

メルシエは自分の耳が信じられなかった。

「ええ、他に知りませんので」

「でもそれは……」

「ラ・トゥール・ダルジャンをご存じですか？」

「名前は」

「わたしはソムリエを知っているのです。ワイン・カーヴの一部をわたしが所有しています……。もう、おわかりになりましたね。彼はわたしの頼みを断わることができません。わたしは彼にいいワインを頼みました。彼はわたしにいろいろ質問した上で、これを渡してくれました」

「質問？」

「ええ。どんなメニューか教えてほしいと」

「当然ですね」

「でも、彼はまたあなたについても質問しました」

「わたしについて？」

「彼は、あなたがブルゴーニュ派なのか、あるいはむしろボルドー派なのか、知りたがりました」

「それで？」

「わたしはあなたの特徴を説明しました。それで彼は、あなたがどちらかというとブルゴーニュ派に違いないと結論したのです。間違ってましたか？」

「いえ」

「よかった……」


この芝居はいつまでつづくのだろうか？　メルシエは先手を取ることにした。

「ラ・トゥール・ダルジャンはあなたからワイン・カーヴの一部を借りているのでしたね」彼は思い切って言った。

「ええ」

「そして、彼らもやはり仮の賃貸借契約を結んでいる、使用継続権なしの？」

メルシエの見込みは当たっていた。図星だったのだ。

「ええ……。明かりを消してもいいでしょうか？」老女はささやくように言った。「わたしのような年寄りの目はもう明かりにうまく対応できないのです。それに、話をするのに、明かりはどうしても必要というわけじゃありません。とにかく、わたしたちは話し合いをしなければならない、そう思われませんか？」

「そのとおりです、確かに」

「司祭の椅子にお座りください。とても座り心地がいいのですよ、よろしければ、そこで眠ってもかまいません」

部屋は今は暗闇に沈んでいた。

「おわかりですね、ジュリーにとって……」

警視の職業生活のなかでもっとも風変わりな尋問が今始まろうとしていた……。

14　殺すヴァイオリン

マルゴワール夫人は発端から、すなわち、ジュリーとの出会いから話を始めた。

「ジュリーは十二歳でした。彼女に教理を教えたのはわたしです。彼女の母親は、未亡人の乏しい収入にもかかわらず、彼女を教区のミッション・スクールに入学させました。彼女にソルフェージュのレッスンも受けさせていました。あの子には才能がありました、もうそのことはよくご存じでしょう。それから、彼女の父親は死ぬ前に、彼女にヴァイオリンを遺していました。でも、学費とレッスンの費用は高くつきました。月末は苦労していました……」

メルシエは口をはさまないように用心していた。その方が、話の糸口が自然にほぐれていくだろうと確信していた。

しかしながら、老女がどう言おうかと言葉に窮していたので、つい声をかけた。

「つまり、彼女はお金を工面しなければならなかった……」

「ええ。あの子は喜んでフルートを学んでいたでしょう、その方がお金がかからないので。でも、彼女のミッション・スクールはフルートをやめるように言ったのです」

「どうしてまた?」

「宗教裁判時代にさかのぼる古い慣習です。女子は吹奏楽器を吹いてはならないと」

「それは知らなかった。でも、あなたの話では、ジュリーの母親はお金に困っていたとか……」

「ええ。そういうわけで、徐々に……初めのうちは、彼女は主として近所の男たちと親しくしていました、子供が学校に行っているあいだに。ところがある日、ジュリーが予定より早く帰ってきたのです……」

「それで、彼女は何と言ったのです?」

「何にも。でも、彼女はすぐにさとりました」

「どう思ったのですか?」

「彼女は母親を恥ずかしく思った、とわたしに打ち明けました」

「で、その後は?」

「その後、彼女は、恥ずかしいと思った自分を恥じました。母親が身を犠牲にしたのは自分のためだ、と理解したのです。彼女は自分に責任があると感じました。ヴァイオリンをやめると言いました……一種の鬱状態になり、何も食べなくなりました。母親の方はお酒を飲みはじめました……」

「どうにも抜き差しならない状態……」

「ええ。二年後、市の福祉課が乗り出してきました。役所はジュリーを施設に入れようとしました。こんなひどいこと、想像できますか?」

「それであなたは、彼女をここに住まわせようと思いついたのですね?」

「事態は急を要しました。ジュリーは、母親の愛人にだんだん関心を持ちだす若い娘に成長していました。わたしは恐れました」

「彼女は何歳でした？」

「十四歳。わたしは少し責任を感じていたのです……この子を守ってやらねばならないと」

メルシエは、確かにとても裕福だけれども、限りなく孤独なこの老女の人生のなかで、若い娘が演じた役割を、徐々に理解していった。

「ちょうど、新しい司祭が教区に赴任してきたときでした」マルゴワール夫人はつづけた。「司祭は住まいを探していました。わたしはポワトゥヴァン司祭に、上の部屋をジュリーのために空ける提案をしました。迷った末、数日後に、彼は承知しました。わたしは彼の家事を少しやってあげていました……」

「ジュリーを手近で見守ることができたわけですね」

「彼女はとてもこわれやすい……でもここで、彼女は食べる意欲をとりもどし、また、練習に没頭しました、まるでそこに生存がかかっているかのように、熱心に。彼女は徐々に人と付き合わなくなりました」

マルゴワール夫人はジュリーの情熱について、生徒が手に負えなくなったソルフェージュの先生について、しだいに高くなっていくヴァイオリンの授業料について、こと細かに語った。

「ジュリーは絶対音感を持っていました。音楽学校に聴講生として入学を許可されました」

「授業料は誰が支払いました？」

「ジュリーはわたしが払うのを断わりました。わたしにはもう十分してもらっていると言いました。彼女があの絵描きのためにポーズするのを承知したのは、そのころです。ジュリーのような子には、こんなことはむずかしくありません。ですから、彼女は母親にも少し援助していました」

「それで、ポワトゥヴァン司祭は？」

「司祭は一階に住んでいました。ジュリーは三階です。二人は実際に顔を合わすことはなかったのです。夜、司祭はここで静かに眠り、一方ジュリーは教会でヴァイオリンを弾いていました。彼女はすばらしい演奏家です。本当のファンをたくさん持っています。宗教的行事、洗礼式、結婚式、葬式などの際、彼女は引っ張りだこでした」

「で、絵描きは？」

「ジュリーは自尊心もあり、絵描きには何も求めませんでした。でも、彼女にとって、母親がとても安い給料であんなに働いているのを見るのは、辛いことでした……」

「母親が売春しているという事実を認めるのは、とりわけ彼女にとって苦しかったに違いない……」

「ジュリーがお金をあげていましたから、彼女は徐々にあれをしなくなりました」

「ジュリーはそんなに稼いでいたのですか？」

「いいえ、だって、彼女は裸でポーズするのは断わっていましたから。でも、彼女は浪費家ではないのです、服らしい服も買わず、化粧もしないのです。わずかのお金で、何週間も過ごしていました。いいですか、彼女はその気になれば、他の画家のモデルだってすることができたのですよ。でも彼女は、あの画家のためにしか仕事をしなかったのです」

「あなたは殺された男のことを悪く言いませんね」

「ええ。徐々にあの二人のあいだに絆ができていきました。あの方は親切な、心の広い人でした。それに、芸術家でした。ジュリーはそういうことに敏感です。彼女は好きなときに彼の家に行っていました……。けっきょく、彼は彼女をすっかり手なずけてしまいました。でも、時がたつにつれ、ジュリーもだんだん大きくなります……」

「つまり、若い娘になるということですね？」

「ええ。肉体的にそうですが、知的にもやはり。彼女は変わりました」

「で、それから？」

「画家は彼女に、裸になってほしいと頼みつづけていました。彼女は、ドゥルオのオークションでとても価値の高いヴァイオリンが出品されたのを見る日までは、それを断わっていました。そして冗談に、もしそれを自分に買ってくれるなら、何ヵ月も前から彼が頼んでいることを承知していいと、挑戦するように言いました」

「あなたは、あれがストラディヴァリウスだというのを知らなかったのですか？」

「ええ。それに、わたしには楽器の値段など見当もつきませんでした。でも、なぜジュリーがそんな提案をしたかは、理解しています」

「なぜです？」

「彼が承知するなんて、彼女は思ってもみなかったのです。ところが、彼は即座にうんと言いました！　わたしはとてもよく覚えています。去年の六月のことです。彼は彼女をオークションの会場に連れていき、そのヴァイオリンを買いました。彼女はわたしには、それがそんなに高かったとは一言も言わなかった……。昨日はじめて、あなたから聞いて知ったのです」

「それでは、そのヴァイオリンをジュリーに譲るために、画家が公証人のところに行っていたのはご存じでしたか？」

「いいえ。そんなことはともかく、その時からです、すべてが悪くなったのは」

「それはどういうことですか？」

「その贈り物をすなおに受け取ればいいものを、ジュリーは、罠にはまった、金で買われたと感じたのです。汚れてしまった。まるで母親と同じ道をたどっていると……」

「なるほど」

マルゴワール夫人がふたたび話し始めるまで、長い沈黙があった。

「ええ。まさしくそうです。彼女は、画家の要求をもう拒否できないと思ったのです。画家は彼女に、ますます煽情的ポーズをとらせようとしていました。そして、六月の末ですが、音楽祭のときに、彼女はともかく最初に現われた男に身を任せたのです。それが、ギターを弾いていたあのジプシーでした。あれが彼女の最初の男です」

「最初の。では、一人だけでは?」

「ええ。数日後、彼女は画家に屈伏しました。一度だけで、あとはそっとしておいてくれると期待して。彼女はこれで借りを払ったと考えたのです。でも、画家は彼女に本気で惚れてしまったのです……」

「それでは、彼女は二人の愛人を持った」

「ええ、でも、ジプシーはそのことを知らなかったのです」

「それでは、司祭は?」

「司祭は新しいヴァイオリンにすぐ気づきました。彼は魅了されました。彼が彼女に注意を払うようになったのは、その時からです。そして徐々に、彼は彼女に依存するようになりました。あのヴァイオリンは麻薬のようなものでした。夜、彼はそっと教会に入って、何時間もジュリーの音楽を聞いていました。彼らは一緒に帰ってきて、けっきょく二人ともほとんど眠らずに、明け方まで話しこんでいました。司祭が憑かれたような目をしている日もしばしばありました。嵐の夜は、風のうなりがヴァイオリンの音と重なるので、まるで超自然現象を見る思いだと言って、彼は怖がっていました。神の賜物です。でもある日、彼はジュリーの音楽を聞くだけではもう満足できなくなりました。彼女を見たくなったのです」

「それで、あの浴室ですね」メルシエはそっと言葉をはさんだ。いよいよ核心に近づいたと考えていた。

「ええ。あれは少しずつ進んでいきました。数カ月前、たまたま、ちょうどあなたが今夜入って来られたときのように、司祭はジュリーがシャワーを浴びているところを見たのです。あれはわたしの落ち度でした、戸が閉まらなかったのです。修理させておくべきでした」

「ジュリーは何も言わなかったのですか?」

「最初は、何も。面白がっていたと思います。それに、絵描き相手で、慣れていましたから」

「それで、図に乗りましたね」

「初めのうちはときどき見るぐらいでした。その後、わたしの留守に乗じて、部屋をすっかり改造しました。バラ色の大理石、モザイク、鏡など……。ご自分で確かめられたとおりです」

「で、工事を終える際、戸を付けるのを忘れた」

「そのとおりです」

「ジュリーはだまっていたのですか?」

「そのことで言い争っていました……司祭は口がうまいのです……天国では、主のそばでみんな裸で生活している、美は賛美するために創られたもので、隠すためではない……などと。そこには何の罪もないのだ、と主張していました」

「どうしてまたジュリーは、そんな言葉にだまされたのです?」

「司祭はとても巧妙でした。なにしろレトリックの専門家ですからね。彼女の演奏を褒めたたえました。それに、彼女のほうも、夜、教会で弾きつづけるためには、彼の許可が必要でしたから……」

「脅迫、考えようによっては?」

「いいえ。彼は脅しめいた言い方は一切していません」

「彼女は、ひょっとして、それを楽しんでいた?」

「いいえ。でも彼女は、このショーを大目に見ていたのです」

「この状況について、彼女はあなたに話しましたか?」

「ええ。でも、彼女はあのヴァイオリンを持つことができて、とても幸せでした、夜、教会で弾きつづけるためなら、何でも受け入れたでしょう。とくに、音楽学校を退学になってからは……」

「彼女はなぜ退学になったか、説明しましたか?」

「つまらない嫉妬からだと言いました。でも、慣れていると……」

「けっきょく、彼女はこの風変わりな生活を自由に選んだのですね、違いますか?」

「自由……教会と、画家のアトリエと、屋根裏部屋のあいだの自由……十七歳で！」

「彼女は司祭のことを何と言っていました？」

「あのことは大して重要じゃないと……」

「それでは、なぜ彼は殺されたのです？」

「司祭が殺されたこととは、何の関係もありません、それは別のことです……コーヒーはいかがですか？」マルゴワール夫人はどぎまぎして言った。

警視は返事をしなかった。彼は不用意だったのだ。時計を見た。十二時を過ぎていた。この老女の役割はいったい何なのか、彼をとてつもなく高価なワインでもてなし、しかも、少しずつ打ち明け話をしてくれる？　彼女は彼に何を期待しているのか？　偽の手がかりで迷わせて、彼を操ろうとしているのか？　しかし、あのくだらない浴室の話は、ピニョルを罠にかけるのにはぴったりだったが、司祭の夢幻の風景にすぎなかったことを認めざるをえない。しかも、ジュリーはそれを受け入れていたのだ。絡み合った糸をどうほぐしてゆけば、事件の真相にたどりつくか？


どの登場人物も、それぞれ別個の世界で動きまわっていた。ジュリーは音楽の世界、絵描きは色の世界、そして司祭は聖職の世界と、エロチックな夢の世界……。マルゴワール夫人はといえば、彼女はジュリーのためだけを思って生きていた。けっきょくは、かなり安定を保っていたこの状態、それぞれが満足していたこの状態に、誰が終止符を打ちたいと望むのか？　別の顔ぶれがメルシエの頭に浮かんできた。マルゴワール夫人は言及しなかったが、たとえば弦楽器職人のジャン。あるいはあのジプシーは、仮出所期間中に犯罪を行なうことは可能な状態だった。ついで彼は、あの謎のストラディヴァリウスのこと、ピニョルが言っていたジュリーの日記帳のことを考えた。ロマネ・コンティで朦朧としてきた思考のなかに、ジゼールがまぎれこんできた。

「はい、コーヒーですよ」マルゴワール夫人がしっかりした声で言った。

「ありがとう。まだ宵のうちですね……」

「眠たければ、ソファで横になってください。わたしは司祭の寝室で寝ますから」

「ここで起きていることにしますよ」警視は答えた。

「あなたの守っている人が心配しないように？」

「たぶん」

「彼らにここが突きとめられると思いますか？」

「どんな手段か想像もつかないが……」

「用心してください、警視さん。彼らもまた、情報屋を網のように張りめぐらせています。それに、もし大して心配していないのなら、あなたはご自宅に帰られたでしょう、奥さんがお待ちでしょうから」

「そのとおりですね。あのデデは悪賢いやつだから……。だがわたしは、やつにジゼールの居場所がわかるとは思っていません。それはともかく、おもてなしいただいて感謝しています」

　またしても、沈黙がおとずれた。束の間の平穏、どちらもそれを乱したくなかった。マルゴワール夫人は嘘をついているのか？　彼女が司祭を殺し、自分を決定的に正当化するためにあんな告白をしたのか？　この老女がそんな腹黒い筋書きをでっち上げることができるだろうか？　メルシエがまどろみかけたとき、か細いかすれ声が聞こえた。

「それで、今はどうされるつもりですか？」

「何のことです？」彼はたずねた。

「ジュリーのことです」

「ジゼールを今夜泊めていただいたのは、わたしには非常にありがたいことで、とても感謝しています。ですから、あなたには率直にお話しします。わたしは本部長から、ジュリーについては、脱獄犯人が逮捕されるまでの猶予をもらっています。この猶予はごく暫定的なもので、たぶん一日か、せいぜい二日でしょう。わたしにはこれ以上、警察監置を引き延ばすことはできないでしょう。ジュリーはやはり、二件の不可解な殺人の中心にいるのです」

「それでは、あなたが彼女を尋問されたら？」

「いつ？」

「今。ここで、今夜、すぐに。わたしがあの子を起こしにいきます。あの子が無実であることは、あなたにもよくわかっていただけるでしょう」

「いいえ、マルゴワールさん。あの子は寝かせておいてください。今頃、パガニーニやベルリオーズやヴィヴァルディの夢を見ているに違いありません。このことは明日の朝考えましょう。ところで、もし何かご存じでしたら、今こそそれをおっしゃるべきです」

「わたしが知っているのは、ジュリーが無実だということです」

メルシエが手の内を明かす時だった。強制するような厳しい言い方は、老女を完全な沈黙に追いやる恐れがあった……。

「わたしはあなたを信じたいだけです。でも、そのためには、証拠が必要です」

「どのような証拠でしょうか？」

「わかりません。しばしば、無意味なような些細なことが、反論の余地がないほど立派な証拠になることがあります。わたしにすべてを話すべきです。ジュリーのことはもちろん、彼女の人間関係、司祭のこと、画家のこと、教区について、サン＝ルイ島について。えり分けるのはわたしです。朝までまだたっぷりあります」

メルシエは網を放った。マルゴワール夫人は打ち明け話を再開した。教区の古い記録に言及しながら、この地区のことを長々と話した。

「十八世紀には雌牛の島と呼ばれていて、橋もなかったのです。やせた牧草地で、人々は船で島に来ていました。アンリ四世の時代には、教会はまだ小さな礼拝堂にすぎません。サン＝ルイ島は、シテ島と競合して、苦しんできました。ノートルダムがわたしたちの小さな教区を圧倒していたのです。この場所はしかし、歴史的に名高いのです。ラシーヌがここで息子に洗礼を受けさせましたし、ナポレオン・ボナパルトはここへ祈りにきています。さらに、聖ヴァンサン・ド・ポールが女子の学校を設立したのはここなんです、プールティエ通りに面した歩道のところです……」

マルゴワール夫人は数珠つなぎに有名人の名前をあげていった。メルシエはだまって聞いていた。

「ポワトゥヴァン司祭には、ある修道院に滞在したときお会いしました。わたしは心を打たれました。あの方は輝いていて、カリスマ性がありました……教区に輝きを取りもどさせる人だと直観しました。ノートルダムはツーリストたちの特権的スポットでありつづけるでしょうが、それはわたしにはどうでもいいのです。でも、わたしたちのところに傑出した司祭が来れば、新しい聴衆を呼び寄せてくれるでしょう。わたしは彼に知らせないで、パリの偉い聖職者に、彼がこのポストにつけるように陳情しました。わたしはこの地区の人々をよく知っています。何人かの有力者の建物を所有しています。それに、大司教に寄付をすればいいと勧めた人もいました。六カ月後に、ポワトゥヴァン司祭はここに赴任してきました」

メルシエは事情に通じているので、マルゴワール夫人の有能さを改めて認識した。だが用心はしていた、もし彼女が司祭をだましていたのなら、気をつけたほうがいい。

「司祭はわたしの期待どおりの方でした。彼の努力で、教会のルネッサンス期の大オルガンをパリ市役所の援助で修復させることができました。そして、わたしたちは、定期的にコンサートを催しました。彼の説教を聞きに、日曜日に教会に来る人がだんだん増えていきました」

「彼は、こういうことをすべて、あなたと話し合っていたのですか?」警視は何げない様子でたずねた。

「ときどきは。しょっちゅうではありません。たとえば、ある日、彼は告白をわたしのスープにたとえました……わたしが野菜の皮をむくように、彼は良心の皮を剝ぐのです。彼は聖水をじゃぶじゃぶかけて霊魂を清めたうえで、わたしが火にかけるように、彼はそれを主にいたる正しい道にもどすのです。あらゆることに答えることができます……でも、彼がとりわけ何時間も議論するのを好んでいたのは、ジュリーとです。夜を徹して話し合った日の早朝は、彼が彼女のために、オムレツやパスタやバナナ・フランベを作っていました。ジュリーは話してくれました。司祭は彼女が相手だと、自分を偉く見せる必要がなくなるのです。彼は彼女を笑わせ、司祭の仮面を外し、自分は一種の道化者、神の道化師、ピエロのようなものだと言っていました……」

このように彼女は、ジュリーと司祭との親密な間柄について長々と語った。司祭はジュリーに影響されていた、とりわけそれは、彼女が音楽に対する確固たる信念で動いていたのに反して、司祭の信仰はしばしばぐらついていたからである。実のところ彼は、日曜日に信者たちに対して行なう談話について、その真実性を疑っていたのだ。ジュリーにこう説明している、天国と地獄はまったくの作り話、か弱い精神が生み出した想像の産物にすぎない、三位一体は信用できない、また、堕胎や避妊に反対する戦いは勝ち目がなく、聖職者の妻帯禁止はまったくの偽善である、と。

ジュリーは、司祭が信者たちの愚直さにつけこんでいることを非難していた。しかし、司祭はつねに、自分は他人の信仰を強固にするためにプログラムされた《神の道化師》にすぎないのだと弁解していた。たとえ彼の魂が神の意志によって永劫の罰を受けるとしても、それはいいのだ、《一つ失われても、代わりはいくらでも見つかる》と、彼はしばしば茶化していた。とはいっても彼は、よき職人として、自分の仕事を良心的にしあげていた。レトリックと神学を武器に、神秘の世界、奇跡の世界、悪魔と地獄の世界を開いて見せた。このようなシナリオを使えば、どんなに口下手の人間でも、毎晩、満席にできるだろうと、彼はジュリーに繰り返し言っていた。彼によれば、成功は何の価値もなかった。唯一、彼が自分で認めていた才能は、日曜日、彼がしずしずと説教壇に上がって、見守る聴衆たちをぐるっと見まわし、両手を広げて、「わが親愛なる兄弟の皆さん……」と決まり文句を言うときの、その登場の仕方であった。彼はよく教区をサーカスにたとえていた。ピエロはたとえ悲しいときでも、笑わせなければならないのだ。聖書は彼のレパートリーである、ちょうど、ヴァイオリンの名曲がジュリーのそれであるように。彼は聖書を今日的な問題に照らして解釈するだけだった。メルシエはマルゴワール夫人をさえぎった。

「《神の道化師》?」

「そうです。彼はジュリーの前でそう自分を呼んでいました。司教区の有力者の彼が、大司教区でもっとも学識豊かな神学者、パリでもっとも有名な説教師の彼がです。ジュリーの前では、彼は自己矛盾に足を取られて懐疑的になり、ついにはひ弱になった一人の人間にすぎなかったのです」

警視は注意深く聞いていた。夢を見ていた? ロマネ・コンティの魅力に身をゆだねていた? 彼はとりわけ沈黙を守らなければならなかった、相手が自分から告白する気になるように仕向けなければならなかった……。

「《道化師》という言葉は、彼の会話のなかでよく出てきました。彼は神と契約を結んだのだと言っていました。司祭は自分の天性の資質、弁論の才、思想を神の役に立てていたのです。その見返りに、彼の懐疑、誠実さの欠如、女好きの性向を人々は大目に見ていました」

「それで?」メルシエは促した。

「それで……夜明かしで疲れて、明け方の最初の青白い光を見たときに、ジュリーは司祭がかわいそうになったのです。彼女は二階に上がっていきました……シャワーを浴びるために」

「朝の六時に?」メルシエはわざと驚いたふりをしてたずねた。

「彼女にとって、それは大したことではありません。幻想を持たない心は羞恥心と無縁です……」

警視の時計の青白く光る針が今は午前三時を指していた。疲労が重く感じられた。しかし、マルゴワール夫人はふたたび話をつづけて、ジュリー、司祭、その小さな世界、彼女が女祭司をつとめ、目的を達するために自分の不動産とお金を使って操っているあの小宇宙に話をもどした。この人たちが彼女の周囲にいなければ、彼女の人生は砂漠のように索漠としていたのだ。ジュリーと司祭は彼女にとって、二体の操り人形に他ならなかったのではないか？　ただ本人たちだけが、彼女に操られていることを知らないでいたのだ。マルゴワール夫人は自分の領地を独占的に支配していたのだ。彼女は画家を受け入れ、管楽器職人のジャンには、もっと重要な役割を演じることを期待していた。ただそこに、思いがけなく、あのジプシーが侵入してきて、巧妙に仕組まれていた演出を妨害した。そしてその後、今度は人の死が絡んできたのだ。マルゴワール夫人はほとんどすべてを予想していた……ただ、ジュリーの女としての欲望だけは計算外だった。彼女はあのジプシーが警察の手にかかるように何か画策していたのか？　これは不明である。彼女はジュリーを包括受遺者にする計画をたてていた、そうなれば、ジュリーの生活の不安は完全に払拭されるだろう。そして今、ジャンにとっては道が開けたのだ。ライバルの一人は死んだ、もう一人は刑務所のなか、そして、ジュリーの賛美者だった司祭は殺されたばかりだ。恵まれた、模範的な結びつきに反対するものは、もはや何もなかった……。マルゴワール夫人はこの計画を、自分の最後で最大の願望だと言った。これが果たされれば、心静かに造物主のもとにもどることができるだろう。

メルシエは口出しすることにした。

「しかし、どうしてまた、彼女はあのジプシーが好きになったのです？」

「純粋に生理的なものだと思いますよ、わたしの言おうとしている意味がおわかりいただければ、警視さん……」

マルゴワール夫人はため息まじりにこう言ったが、それは、この件についての彼女の気持ちを雄弁に語っていた。女性の欲望はおそらく彼女にとって理解しがたい問題だった。

「それでは、画家はどうですか？」メルシエはつづけた。

「彼女は消極的に彼を受け入れていました。しかしジャンは、たぶん優しすぎ、おとなしすぎ、あまりにもきちんとしすぎていたのです。ジュリーは例外的な人物を求めているのです、絵描きとか、司祭とか……」

「それで、あのジプシーを？」

「前科者はとても並の人間とはいえませんね。それに、彼は彼女を叱りつけることができました……たぶん、彼女にとっては、しっかりと結ばれた、かけがえのない絆だったでしょう」

「でも彼女は彼と別れました……」

「ええ。彼は彼女の夢を裏切ったのです」

「どういう意味ですか？」

「説明するのはむずかしいのですが……ジュリーの価値観はわたしたちのものと違っています……一人の男と別れるために、別の男を見つけたというだけではすまないのです。人生と恋愛は、往々にして、同じ迷路にすぎないのです」

「ジュリーはあなたにそう言ったのですか？」

「いいえ……これはわたしの個人的感想です。わたしに対して、ジュリーはどちらかといえば控えめでした」

「司祭にはもっと自由に打ち明けていた？」

「もちろんですよ。画家の色使いに夢中になっていたとしても、ジュリーは司祭の話には耳を傾けていました」

「では、ジプシーに対しては？」

「さっきも言いましたように、あれは生理的なものだと思っています。でも、問題なのは、ジュリーがやはり恋愛をあまりにも理想化していたということです。この男たちにとっては、彼女はとりわけ肉体だったのに。それでも彼女は、さして重大とも思わずに、全員を受け入れていました。いうなれば、彼女はそんなことで悩んでいなかったのです」

「だがしかし、誰かは確かに悩んでいました、殺人を犯すほどですから」

警視は目的に達したと感じていた。しかし、マルゴワール夫人はジュリーのことを、どうしてこんなに内面に立ち入って知ることができたのだろう？　老女自身の告白によれば、ジュリーは自分の胸中をめったに打ち明けたりしなかったはずだ。それに、想像をまじえて述べたにしては、細部で詳しすぎる点がいくつかある。もしこの大家がお気に入りの娘の日記を密かに読んでいたとしたら？　それに違いない、とメルシエは思った。ジュリーがこんなことまで打ち明けて話さないだろう。マルゴワール夫人は、紫のインクで書かれていたことを盗み見て、それを繰り返しているだけなのだ……。

「あなたがそうおっしゃるのは、ジュリーの日記を読んだからですか？」

老女のぎくりとした様子がメルシエには見てとれた。彼は優位に立ったのだ。

「とんでもない……何を勝手な想像されるのです？」

「マルゴワールさん、あなたは紫のインクで書かれたあの小さいノートをよくご存じでしょう……」

「あなたはあれを見たのですか？」

警視は嘘をついた。

「ジュリーがそのことをピニョル隊長に話したのです」

「まさか！」

「マルゴワールさん、これはまったくの好意で言っているのですが、はっきりわかっていることを否定しないでください」

「もしあなたがすべてを知っているのなら、なぜこんなに質問をいっぱいしてわたしを苦しめるのですか？」

メルシエは安心させるような口ぶりになった。

「ジュリーに嫌な思いをさせたくないからです。もう少しわたしに協力してください。彼女はけっきょく、あなたの嫌いなあのジプシーを見限ったのですか？」

「ええ。あなたがたが彼を刑務所に入れる少し前に」

「それでは、画家が殺されて間もなしに？」

「ええ。たぶん、二、三週たってから」

「ということは、犯行と関連して何かあったのですか？」

「前の晩、ジプシーはジュリーと言い争っていました……」

「言い争っていた？　ということは？」

か？　メルシエがここにいることを知っているのか？　武器を持っているか？　あの男の意図は何か？　いろいろの疑問が、身動きできないでいるメルシエの頭のなかでひしめいていた。背をかがめた、ずんぐりした影が、とまどうことなく階段のほうに進み、ついで、階段を一段一段、ゆっくりと登った。ほとんど音はたてなかった。どこへ行くかわかっているのか？　ジゼールがどこにいるか知っているのか？　警視は猫のように身軽にひじ掛け椅子を離れ、彼もまた階段を登りはじめた。すばやく行動しなければならなかった。男はすでに二階に達していた。浴室のすぐそばの踊り場にいるに違いない。ジゼールとは一階をへだてるだけだ。メルシエが手出しすべき時だった。

「警察だ、手を上げろ！」

閃光が闇のなかにとび散った。

「撃つのをやめろ！　降伏しろ！　警察だ！」

答えは間髪をいれず返ってきた。男は階段に向かって走りだす前に、メルシエのほうに向けてさらに二発撃ってきたのだ。メルシエは前を走りすぎる影を狙った。弾は動きの真ん中をとらえた。くぐもった悲鳴が聞こえた。男のからだが大きな音をたてて崩れ落ちた。次の瞬間、メルシエは相手の上に立ち、床にうつ伏せに横たわっている侵入者の武器を取り上げていた。マルゴワール夫人が明かりをつけた。男は身動きしなかった、しかし、せかせかした荒い息づかいが聞こえていた。

メルシエは侵入者のからだを上に向けなおした。二人の男の視線が交錯した。男は、あのジプシーだった。

警視はすぐにマルゴワール夫人を三階に行かせた。震え上がっているに違いない娘たちを安心させるためである。

「上に行って、部屋に鍵をかけて、娘たちと一緒にいてください。どういう理由があっても部屋から出ないように。後はわたしが引き受けます」

老女は驚くべき敏捷さで行動した。メルシエは班に電話を入れた。

「プールティィエ通りに人を寄越してくれ、それと救急車を一台！」

「お電話するところでした、警視。デデを見つけました。一騒動ありましたが、やつを射殺しました」

「そうか、よし、今日は……」

ジプシーの呼吸が荒々しくなっていた。銃弾によって穴があいたのか、肺がひゅーひゅーと鳴っていた。おびえた眼差しが、哀願するようにメルシエを見ていた。

「おれはジュリーに会いにきた……」

「完全武装して、しかも、ドアを突き破って……」

「おれはジュリーに会わねばならないんだ、せめて最後に」

「画家を殺したのはお前だな」

「あれは偶然だった……おれは説明を求めに彼に会いに行った。挑発的なポーズをとらせてジュリーを描くのは、もうやめてほしかった。おれはサン＝ルイ＝アン＝リール通りの画廊で展示されていた彼女の絵を一枚見たんだ。おれたちジプシーは、あんなふうに露出して陳列されるのは耐えられない……」

「それで、その日にお前は画家のところへ行ったのだな？」

「いや、明くる日だ。彼はアトリエにいなかった。おれは窓から入った。待っているあいだに、そこに置いてあった宝石類を盗んだ。その時に彼が帰ってきたんだ」

「彼は不意に現われたのだな？」

「ああ」

「取っ組み合いの喧嘩になった？」

「ああ。宝石のせいというより、ジュリーのためだった。だんだん激しくなり……おれはあいつを殴った」

「そして、すばやく逃げたということだな。宝石はどこにある？」

「おふくろのトレーラー・ハウスに置いてある。だけど、おふくろを苦しめないでくれ！　彼女は何も知らないんだ、絶対に嘘じゃない」

「では、ジュリーは、彼女は何もかも知っていたのか？」

「彼女はすべてを察していた。あの翌日、おれはバカなことをしてしまった、画家の指輪を一個、彼女にやろうとしたのだ……」

「それで？」

「ジュリーは指輪に見覚えがあった……」

「だが、お前にはわかっていた、彼女はどんなことがあってもお前のことを警察に通報したりしないと」

「ああ。彼女はいい人だ。だけど、犯人だと知りながら、おれと会いつづけるほどお人好しじゃない……それに、彼女にとって大事なのはヴァイオリンだけだ」

「それじゃ、お前は何を心配していたのだ？」

「彼女はすべてを日記に書いていた。で、おれは、まず間違いなく、あの手帳がいつかは、婆か司祭の目に触れることになると思ったのだ」

「彼女がそれをどこに隠していたか知っていたのか？」

「隠したりしていなかった。ヴァイオリンのケースの底に丸めて入れていたんだ」


「それでお前は今夜、その日記を取りもどしにきたのか？」

「ああ、しかも二度目だ、やろうとしたのは」

メルシエはやっと納得した！　引っかかっていた砂粒はヴァイオリンではなく、ジュリーの日記だった……。

「最初は、日曜日の朝か？」

「みんな、ミサに出ているだろうと思ったのだ……」

「そして、お前はポワトゥヴァン司祭と出くわした」

「ああ。彼はおれに説教をした。画家のことを知っていた。それは、彼が日記を読んだということだ！　ジュリーは絶対にしゃべったりしない……」

「じゃまになる証人というわけだな、ある意味で……」

「それだけじゃない！　病人だ、覗き屋だ！　あいつは変態男の弁舌でジュリーを完全にたらしこんだ。それでも、司祭を殺すのは……」

「でも、やめなかった……」

「やらねばならなかった。あいつはいずれジュリーを説得して、おれのことを警察に通報させるだろう」

ジプシーの顔一面に冷たい汗が粒になって浮き出していた。顔面は蒼白になっていた。唇は紫色になり、声はだんだんしゃがれてきた。一言発するごとに、息をつかねばならなかった。メルシエははっきり聞き取るために、男の上に屈みこんでいた。

「お前は確かに左利きだな？」

「ああ」ジプシーはささやき声で答えた。

「今は何が望みだ？」

「司祭」

「死ぬのが怖いのか？」

「いや。だが、おれは地獄が怖い！　司祭を呼んでください、急いで、お願いです……臨終の秘蹟を授けてもらいたい」

ジプシーの顔は徐々に穏やかになった。一筋の泡を含んだ血が唇に浮かんだ。無言のまま、息が絶えた。

メルシエは立ち上がって、壊された戸を開けに行った。

明け方の光が小さい入口から差しこんできた。遠くから警察車のサイレンの音が聞こえていた。

訳者あとがき

本書は二〇〇五年度のパリ警視庁賞を受賞した作品である。パリ警視庁賞は一九四六年にミステリを対象にして創設された賞で、毎年、フランス語で書かれた未刊行の最も優れた作品に与えられる（「パリ警視庁賞」と訳されるが、原語はLe prix du Quai des Orfèvres。パリ警視庁は、セーヌ川の中の島、シテ島のオルフェーヴル河岸にあるので、この所在地の名が警視庁の通称になっている）。六十年間つづいたこの賞が、ミステリ作家の登竜門になっていることはいうまでもないだろう。ちなみに、賞金は、現在は七七七ユーロ、日本円にして一〇万円ちょっとだから、けっして高額とはいえないが、受賞作はその年度内にアルテーム・ファイヤール社から初版五万部で出版されることが保証されている。審査は、パリ警視庁刑事局長主宰のもとに構成された審査委員会によって行われる。

本書の著者のジュール・グラッセについては、オルフェーヴル河岸と目と鼻のところに住む優れた医師であるという以外、何もわかっていない。原出版社に問い合わせたら、匿名ということである。そこで、このペンネームについて、勝手な推理をしてみよう。まずジュール。これは、ジョルジュ・シムノンが創造したパリ警視庁所属の名刑事、かのメグレ警視のファーストネームである。ここから借りてきたものではなかろうか。つぎにグラッセ（Grasset）、この綴りは、gras、あるいはgrasseを連想させる。これは〝太った〟を意味する。一方、メグレ（Maigret）は、maigreにつながり、〝痩せた〟を意味している。〝太った〟と〝痩せた〟、気になる対比である。

こんなことを考えるのも、本書で活躍するメルシエ警視があまりにもメグレ警視に似ているからである。パリ警視庁所属の警視という肩書はともかくとして、犯罪現場に一人で赴いてその雰囲気に触れ、ビガル界隈の怪しげなバーやナイトクラブでバーテンから話を聞いて裏社会《ル・ミリュー》にまつわる情報を収集し、事件関係者の背後にひそむさまざまな人間関係を読みといて事件の真相に迫っていくその手法は、メグレと同じである。脱獄犯を捕まえるための囮作戦で、売春婦の一人や二人犠牲になっても意に介さないという本部長の発言に憤慨するメルシエには、メグレの面影が重なる。美食、美酒を愛し、夫思いの料理好きの夫人と二人暮らしというライフスタイルも似ている。

本書の犯罪の舞台となったサン＝ルイ島は、警視庁のあるシテ島と小さな橋で結ばれていて、まさしく目と鼻のところにある。シテ島には、ノートルダム寺院を始め、サント＝シャペル、ラ・コンシエルジュリーなど、パリの観光名所が目白押しに並んでいる。そこから一歩足を運べば、静かなたたずまいのサン＝ルイ＝アン＝リール教会がひっそりと建っている。この小説は、十八世紀初頭に建立された教会と、由緒ある古い建物の残るその周囲の街を背景に、気立てのいい娼婦、孤独で世話好きの信心深い老婆などが準主役級の人物として登場してきて、何だか懐かしいような雰囲気をかもしだしている。携帯電話やGPSなどの新しい機器も小道具として登場してくるが、中世に使われていたような古めかしい飛道具、弩《おおゆみ》を小道具に用いた、怪盗ルパンやファントマもどきの奇想天外な脱獄劇が圧巻である。シムノンはメグレ警視の目を通して、二十世紀中ごろのパリを活き活きと描いた。本書を第一作として、これからもメルシエ警視が、二十一世紀のパリを舞台に活躍してくれることを期待したい。

出版に際して、早川書房編集部の川村均氏にお世話になった。お礼を申し上げたい。

二〇〇五年十二月

HAYAKAWA POCKET MYSTERY BOOKS No. 1780

野《の》口《ぐち》雄《ゆう》司《じ》

1956年大阪大学文学部仏文科卒
フランス文学翻訳家
訳書
『現金に手を出すな』アルベール・シモナン
『男の争い』オーギュスト・ル・ブルトン
『ブラジルの赤』ジャン＝クリストフ・リュファン
（以上早川書房刊）他多数

この本の型は，縦18.4センチ，横10.6センチのポケット・ブック判です．

検印
廃止

〔悪魔《あくま》のヴァイオリン〕

2006年1月10日印刷　　2006年1月15日発行

著　者　ジュール・グラッセ
訳　者　野口雄司
発行者　早川浩
印刷所　中央精版印刷株式会社
表紙印刷　大平舎美術印刷
製本所　株式会社明光社

発行所　株式会社　早川書房
東京都千代田区神田多町2ノ2
電話　03-3252-3111（大代表）
振替　00160-3-47799
http://www.hayakawa-online.co.jp

〔乱丁・落丁本は小社制作部宛お送り下さい
送料小社負担にてお取りかえいたします〕

ISBN4-15-001780-8 C0297
Printed and bound in Japan

ハヤカワ・ミステリ〈話題作〉

1763 五色の雲 R・V・ヒューリック 和爾桃子訳

ディー判事の赴くところ事件あり。中国各地を知事として歴任しつつ解決する、八つの難事件。古今無双の名探偵の活躍を描く傑作集

1764 歌姫 エド・マクベイン 山本 博訳

〈87分署シリーズ〉新人歌手が、自らのデビュー・イヴェントの最中に誘拐された。大胆不敵な犯人と精鋭たちの、手に汗握る頭脳戦

1765 最後の一壜 スタンリイ・エリン 仁賀克雄・他訳

〈スタンリイ・エリン短篇集〉人間性の根源に潜む悪意を非情に描き出す、傑作の数々を収録。短篇の名手が贈る、粒よりの十五篇！

1766 殺人展示室 P・D・ジェイムズ 青木久惠訳

〈ダルグリッシュ警視シリーズ〉私設博物館の相続をめぐる争いの最中に起きた殺人は実在の犯罪に酷似していた。注目の本格最新作

1767 編集者を殺せ レックス・スタウト 矢沢聖子訳

女性編集者は、原稿採用を断わった夜に事故死した。その真相を探るウルフの眼前で、さらなる殺人が！ シリーズ中でも屈指の名作

1768
ベスト・アメリカン・ミステリ ハーレム・ノクターン
エルロイ&ペンズラー編
木村二郎・他訳
R・B・パーカーの表題作をはじめ、コナリー、ランズデール、T・H・クックらの傑作二十篇を収録した、ミステリの宝石箱誕生！

1769
ベスト・アメリカン・ミステリ ジュークボックス・キング
コナリー&ペンズラー編
古沢嘉通・他訳
砂塵の荒野、極寒の地、花の都、平凡な住宅地……人ある所必ず事件あり。クラムリー、レナードらの傑作を集めたミステリの宝石箱

1770
鬼警部アイアンサイド
ジム・トンプスン
尾之上浩司訳
〈ポケミス名画座〉下半身不随となりながらも犯罪と闘い続ける不屈の刑事。人気TVシリーズをノワールの巨匠トンプスンが小説化

1771
難　破　船
スティーヴンスン&オズボーン
駒月雅子訳
座礁した船に残されたのは、わずかなアヘンと数々の謎……漂流と掠奪の物語を描く、大人版『宝島』。文豪による幻の海洋冒険小説

1772
危険がいっぱい
デイ・キーン
松本依子訳
〈ポケミス名画座〉必死の逃亡者が出会ったのは、危険な香りの未亡人。アラン・ドロン主演映画化の、意表をつく展開のサスペンス

ハヤカワ・ミステリ〈話題作〉

1773
カーテンの陰の死
ポール・アルテ
平岡敦訳
〈ツイスト博士シリーズ〉いわくありげな人物ばかりが住む下宿屋で、七十五年前の迷宮入り事件とそっくり同じ状況の密室殺人が！

1774
柳園の壺
R・V・ヒューリック
和爾桃子訳
疫病の蔓延で死の街と化した都に、不気味な流行歌が流れ、その歌詞通りの殺人事件が起きる！　都の留守を守るディー判事の名推理

1775
フランス鍵の秘密
フランク・グルーバー
仁賀克雄訳
安ホテルの一室で貴重な金貨を握りしめた見知らぬ男が死んでいた。フレッチャーとクラッグの凸凹コンビが活躍するシリーズ第一作

1776
耳を傾けよ！
エド・マクベイン
山本　博訳
〈87分署シリーズ〉ちくしょう、奴が戻ってきた……宿敵デフ・マンが来襲。暗号めいたメッセージが告げる、大胆不敵な犯行とは？

1777
5枚のカード
レイ・ゴールデン
横山啓明訳
〈ポケミス名画座〉連続殺人に震える田舎町に賭博師が帰ってくる。姿なき殺人鬼との対決の行方は？　本格サスペンス・ウエスタン